奥运会项目大全

人民体育出版社

U0133228

奥林匹克手球

主编／俞继英 执行主编／黄德国

《奥运会项目大全》
编委会名单

主　编：俞继英

副主编：徐昌豹　　钟秉枢

编　委（按姓氏笔画为序）：

于德顺	王绍松
刘卫军	吴保良
宋邦新	祝益寿
赵光圣	金宗强
和　平	张　健
俞继英	钟秉枢
徐根发	徐昌豹
郭　蓓	黄德国
陶志翔	温一静

《奥林匹克手球》
编写组成员

执 行 主 编： 黄德国

执行副主编： 邓　芳　　朱伟强

成　　　员（按姓氏笔画为序）：

邓　芳　　朱伟强

李之文　　阎　健

黄超群　　黄德国

序

　　奥林匹克运动源于现代奥林匹克主义，它顺应了社会发展的潮流，是社会政治、经济、文化发展到一定阶段的必然产物；是世界优秀文化的积累，各国民族智慧的结晶；而四年一届的奥林匹克运动会则是奥林匹克竞技运动的集中反映。现代奥运会创始人顾拜旦说："对于奥运会来说，参与比取胜更重要"，同时激励人们奋进，争取"更快、更高、更强"。奥运会已成为世界各民族瞩目的盛典，其规模之宏大，影响之深远，已远远超出了体育的范畴，为建立和平美好的世界作出了贡献。

　　20世纪20年代初期，中国就与国际奥委会建立了正式的组织关系，几经周折，于1979年重返国际奥运大家庭。1984年，在洛杉矶奥运会上，许海峰一声枪响，中国实现了奥运金牌"零"的突破。自此，中国奥林匹克运动进入了一个新时期，国际声望日益提高，在世界奥林匹克运动中的作用也益发显示出来。世界奥林匹克运动的发展，有赖于包括中国在内的各国奥林匹克水平的提高，而中国也需要奥林匹克运动推动体育事业进一步现代化、国际化。北京市在总结了申办2000年奥运会的经验之后，再次向国际奥委会递交了2008年奥运会的申办报告。北京的申办工作得到了我国政府和公众的普遍支持。中国是世界上人口最多的国家，在中国举办奥运会符合促进和平发展的奥林匹克精神，有利于奥林匹克精神更加广泛地发扬光大，能使国际社会增进对北京和中国的了解。

随着改革开放的深入，我国体育事业也取得了前所未有的发展。在国家《奥运争光计划》和《全国健身计划纲要》协调发展的指导下，我国人民群众对奥林匹克运动表现了极大的关注和热情，推动了奥林匹克运动更好地为人的全面发展服务。

正是在这一背景下，人们渴求获得较多的关于奥运会的知识，《奥运会项目大全》丛书应运而生。丛书融科学性、知识性、历史性、趣味性于一体，按项目分册，对它的过去和未来，它的技、战术演变，它的赛事与成绩等，用翔实的资料、流畅的笔调，作了生动的介绍。丛书内容充实，通俗易懂，可读性强，既可丰富知识，拓宽视野，启迪思维，又可提高对项目的观赏水平，激发参与的热情。体育爱好者和体育工作者，都可以各取所需，各得其所，从中获得力量、启示和教益。

一百多年来，奥林匹克精神代代相传，亘古常青；奥运会"圣火"熠熠生辉，永不熄灭。站在新世纪的起跑线上，我们信心百倍，豪情满怀，锲而不舍，坚韧不拔，将我国的奥林匹克运动推向新高峰。

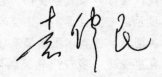

2000 年 8 月

■ 前　言

　　奥林匹克运动高擎"和平"的旗帜，积极倡导发扬友谊、团结、公平等人类社会的良好道德风范，通过体育运动为人的和谐发展服务。四年一届的奥林匹克运动会，是奥林匹克运动最高层次的竞赛活动，也是奥林匹克运动的重要标志，不同国家、不同地区、不同种族、不同肤色、不同语言和不同信仰的人们相聚在一起，相互交流，增进了解，加深友谊，形成了国际社会团结和人类进步的驱动力。五环旗已成为世界和平、友谊和进步的象征。"更快、更高、更强"所激发出的奋发精神、攀登精神和创新精神，已成为人类的共同财富。

　　随着我国社会和经济的发展，体育运动水平在不断地提高，我国体育健儿在奥林匹克运动会上取得的每一个成绩，都极大地鼓舞着全国各族人民。2000 年 6 月，北京市向国际奥委会递交了 2008 年奥运会的申办报告，这是我国体育史上的一件大事，得到了我国政府和公众的普遍支持。

　　随着《奥运争光计划》的实施和申办奥运工作在我国的深入开展，激发了广大体育爱好者对奥林匹克知识的渴求。为此，我们编写了这套《奥运会项目大全》丛书，旨在为公众全面地、客观地、系统地提供奥运会项目的有关知识。

《奥运会项目大全》由奥林匹克运动会的竞赛项目组成，按项目分册，每册包括该项目的回顾与展望、技战术与训练、竞赛与成绩三大部分，力求全面地反映该项目在奥运会上的演变和发展；奥运会风云人物和重大事件；技战术的演进和训练的改革及其发展趋势；世界和我国该项体育组织及重要赛事；竞赛规则的变化和场地器材的革新；历届奥运会比赛成绩；世界和中国纪录等。内容丰富，材料翔实，图文并茂，融科学性、专业性、知识性、趣味性于一体，既可作为广大体育爱好者的观赏指南，又可成为体育工作者的专业参考书。由于奥运项目众多，丛书将陆续出版。第一批面世的 10 个项目是：田径、游泳、体操、篮球、排球、足球、乒乓球、羽毛球、击剑和举重。第二批面世的项目将是：射击、射箭、摔跤、柔道、拳击、跆拳道、赛艇、皮划艇、帆船、帆板、跳水、花样游泳、棒球、垒球、网球、曲棍球、手球、现代五项、马术、铁人三项、自行车。

　　我们在编写过程中，参阅了大量中外有关书刊资料，恕不一一列出。丛书按项目分册编写，作者均为学者、教授。全书由俞继英教授、徐昌豹教授统一审定。在编写过程中，得到了人民体育出版社骆勤方编审的指导，在此表示谢忱。

　　奥林匹克运动资料浩繁，限于精力、时间和水平，疏漏和不当之处在所难免，敬请读者不吝指正。

《奥运会项目大全》编委会

2000 年 8 月

目 录

技、战术与训练

目
录

竞赛与成绩

回顾与展望

1. 精彩的手球运动

手球（handball），人们趣称之为足球场上打篮球。手球是综合篮球和足球的特点而发展起来的一种用手打球，双方互相攻守，以球攻入对方球门得分的球类运动。

手球起源于欧洲。它有11人制和7人制两种。20世纪60年代，7人制手球被国际奥委会纳入奥运会比赛项目后，11人制手球就被7人制手球所取代。

7人制手球场地长40米，宽20米，球场两端各放有高2米，宽3米的球门。比赛双方各上场7人，其中包括1名守门员和6名场上队员，他们有控球、底线、左右卫和左右锋位置之分。双方在球门区外互相攻守，力争将球射入对方球门，每射入1球得1分。16岁或16岁以上的男女队比赛时间为60分钟（不同年龄组比赛时间不同），分上、下两个半场，中间休息10分钟。以得分多的队为优胜。

手球的进攻、防守的基本技术与篮球有很多相似的地方。如：传接球、运球、转身、急停、突破、切入以及各种防守动作。与篮球不同的是，篮球运球可走二步，而手球在运球前、后均可走三步，没有轴心脚，可以向任何方向跨步。因此，手球的移动、传接球的空间扩大了。手球比篮球小，一只手就能抓住球，容易控制，再加上甩腕的动作，就能加大传球的力度和远度。球可从肩上、头上、头后、体侧、背后传出，使传球更加灵活、多变和隐蔽。

手球规则允许队员用手、臂、头、躯干、大腿和膝部接触球；允许队员用手臂和手去封抢或获得球；用张开的单手从任何方向去轻打对方的球；用躯干去阻挡对方持球或不持球的队员；以弯曲的手臂从正面接触对方队员。可见，手球比赛的对抗比篮球更加激烈和精彩。

篮球的最终目的是把球投中对方篮圈，而手球最终目的是把球射入对方球门，球门比篮圈大，但有守门员把守。攻方在球门区前通过传、切、交叉、掩护、策应等战术配合，从中路或两侧采用原地、跑动、跳起、鱼跃倒地、快板球等射门方法，通过劲射、吊射、远近角反弹、曲线、弧线球将球射进球门。由于射门前冲力量很大，队员做出像体操运动员一样的俯撑、前滑、滚翻等缓冲动作，使其更具魅力。由于规则允许攻守双方躯干接触，因此在球门区前的射门与防射门争夺十分激烈。攻方的每次射门几乎都是在力与巧、快与灵的对抗中进行。守方的门将也时常在危急瞬间斗智斗勇，扑挡险球，其场面非常精彩，极富观赏性。

手球场地比足球场地小，攻防速度比足球快，攻守转换快速突然，经常出现反击快攻。守门员或后卫将球快速传给急速奔跑的前锋，只需 2～3 秒即可完成一次进攻而射门得分。比赛时，可以随时换人（在本方换人区先下后上，不必通知裁判员），发界外球和任意球可以及时掷球，队员持球不能超过 3 秒钟。这些规定都促使手球运动在快速中进行。用手控制球总比用脚控制球方便准确。手球比赛比分比足球比赛的比分高，一般达数十分。

手球比赛的进攻就像大海的浪潮一样，一浪推一浪，第一波、第二波、第三波直至阵地进攻。防守积极应对，回防、中场争夺、组织防守、阵地防守。攻方采用快速灵活多变的攻击战术，力争射门得分；守方采用攻势防守，用身体堵截进攻者的突破路线，用手臂封、打、抢、断夺取对方控制的球，争取场上主动，转守为攻。攻防反复交替，争夺相当激烈。

足球的球门区是长方形的，任何队员都能进去。而手球球门区是扇形的，是守门员独有的天地，其他队员不能进入。手球球门比足球门小，守门员用跨、跳、劈、挡、堵等技巧动作，扑挡上下左右各路来球，动作灵敏幅度大，而且精彩。优秀的守门员是一支球队获胜的关键人物，不仅能扑挡攻方采用各种射门方法射向球门的球，与同伴共同组成坚固防线，而且还能组织高效进攻，是反击快攻的发动者，甚至能将球直接射入对方球门。

手球也有公平、严格的规则。对违例、犯规、非体育道德行为，根据其程度轻重给予处罚——判罚任意球、警告、罚出场2分钟、直到取消比赛资格或开除。

随着手球运动的发展，攻防技术一体化，在激烈快速的比赛中，每个人都要捕捉进攻的机会，运动员技术更加全面，能攻善守。激烈的比赛使手球技、战术不断创新。如：技术上的弧线传球、快板球射门、击地反弹旋转射门等。在战术上，进攻战术日趋快速、多变，并逐步向高度、宽度、深度发展，形成立体攻势和波浪式的不间断攻击体系；防守战术由传统的被动消极防守体系逐渐发展为积极、主动、多变、攻击型的防守体系。比赛节奏和攻防转换逐步加快，一场紧张激烈的比赛攻防来回达百次之多。

手球技术多彩多姿，战术变幻莫测，进攻与防守的转换频繁突然，攻、防技战术自成一体，技术与技术之间的衔接协调连贯，运动员的发挥灵活机智，使比赛更显精彩。

手球运动和足球、篮球一样，具有集体性强、对抗激烈、强度大速度快、技战术复杂多变的特点。

比赛场上，7 人对 7 人的较量必须思想统一，行动一致，密切配合，整体作战，只有这样才能充分发挥每个人的特长与作用，以达到战胜对方的目的。在激烈的对抗中，比赛双方为完成各自的攻、防任务，运用突破与堵截、射门与封球、传接与抢断等对抗性技术，在地面和空中展开激烈的争夺，身体接触十分频繁。运动员既要跑得快，又要射得准，还要组织足以阻止和破坏对手射门的高效益的防守，其身体能量消耗极大。经常从事手球运动，可以培养机智果断、坚韧不拔、勇于克服困难等顽强意志品质和团结协作、密切配合、以集体荣誉为重的团队精神，增强人的应变能力、自制能力和责任感。

手球运动的技术动作多样，由奔跑、跳跃、投掷、鱼跃、倒地、滚翻等动作通过技术组合而成。比赛要求参加者能跑得快、跳得高、跳得远，反应迅速，射门有力，传球准确，脚步灵活。因此，经常参加手球运动，能全面锻炼身体，发展身体素质，有效地改善机体的心血管系统、呼吸系统等内脏器官的功能，从而能增强体质、增进健康。各种技术、战术在对抗中灵活运用，又能提高人体各感受器官的功能，提高分配和集中注意力的能力，以及神经中枢的协调支配能力。

手球比赛精彩，极具观赏性，又有良好的锻炼价值，因而吸引着广大的观众和参与者。如今，手球已成为人们喜欢的运动项目，并在世界各地得到广泛的开展。根据国际手联 2002 年的统计，现拥有五大洲 147 个会员协会，有男、女手球队 154,655 个，运动员 6,280,658 人（不包括业余的球队和运动员）。手球运动发展极为迅速，已成为世界性的运动项目。

2. 古老的运动，年轻的奥运项目

手球是世界上最古老的运动之一，只是它曾经历了多种不同变化，才发展成为如今的形式。

《1983年国际手球联合会手册》曾这样记载："目前形式的手球运动有一个饱含沧桑的历史，著名的手球历史专家们认为，手球应看作比足球古老得多的运动，其根据是因为人们利用手总是比用脚要熟练得多——早先的手球活动形式与20世纪的手球运动是全然不同的。并且：古希腊的乌拉尼娅（Urania）运动、罗马人的哈普斯顿（Harpastons）和中世纪的球类运动都是手球运动，因此它们是现代手球的祖先。"

在公元前8世纪，古希腊就有达官贵人消遣娱乐的抛球游戏。诗人荷马在他的长诗《奥德赛》中有赞颂游戏者精湛球艺的诗句。其盛况在1926年于雅典附近发现的墓碑浮雕上得到印证。

根据中国史料的记载，早在公元前200年的汉朝时期，中国已有"手鞠"游戏，到唐宋两代（公元618~1279）颇为流行。唐代的"抛球"是一种彩色的圆球，系有绚丽夺目的飘带。中世纪欧洲用作娱乐活动的"手球"，球上系着小铃铛，在人们相互抛接戏耍时，发出悦耳的响声，同中国系有飘带的"抛球"有异曲同工之妙。

图 1 这幅壁画反映的是几个年轻人玩手球的情景，
出自公元 1 世纪的一个罗马墓地

　　尽管"抛球""手鞠"同现代的手球运动大相径庭，但它们之间所存在的千丝万缕的联系，仍不失为现代手球运动的渊源。

　　现代手球运动发明于 1898 年的丹麦。手球的诞生远比田径、体操、足球、篮球、排球等项目晚，但距今也有 100 余年的历史。

　　现代奥林匹克运动会从 1896 年开始举行，但手球被纳入奥运会的时间却较晚，是一个年轻的奥运项目。1936 年，在德国柏林举行的第 11 届奥运会上，第一次正式举行了也是惟一的一次室外 11 人制手球比赛。直到 36 年后的 1972 年第 20 届奥运会，取代 11 人制的 7 人制手球才第二次亮相。1976 年，女子手球第一次进入奥运会。至 2000 年，奥运会已举行了 27 届，但是男子手球只有 9 届（含 1936 年）、女子手球只有 7 届被列入奥运会。

1936 年柏林第 11 届奥运会手球比赛有德国、奥地利、瑞士、匈牙利、罗马尼亚和美国 6 个国家参赛，100,000 名观众在奥林匹克运动场观看了德国和奥地利之间的决赛，德国以 10：6 战胜奥地利夺得金牌，奥地利获得银牌，瑞士获得铜牌。

由于第二次世界大战的原因，第 12、13 届奥运会没有举行。

1946 年，国际手球联合会（IHF）成立后，一直积极争取将手球列为奥运会比赛项目。在 1952 年芬兰赫尔辛基第 15 届奥运会上，11 人制手球作为表演项目，瑞典以 19：11（8：5）的比分击败丹麦赢得胜利。不过，手球仍然没被奥运会所接纳。直到 1965 年，国际奥委会批准 7 人制手球为 1972 年慕尼黑奥运会比赛项目，手球首次于 1936 年柏林奥运会上亮相以来，又过了 36 年才有幸享有奥运会比赛的荣耀，不过这次是 7 人制手球。手球被允许进入奥运会，当时的奥委会副主席威利·多姆（Willi Daume）功勋卓著，他在此之前也曾是德国手球联合会的主席。

1972 年第 20 届奥运会手球赛在德国的慕尼黑和南部的其他城镇进行。本届奥运会手球比赛有 16 支男子球队参赛，其中 12 支是欧洲国家，只有日本、冰岛、美国和突尼斯 4 个非欧洲国家。决赛在南斯拉夫和捷克斯洛伐克之间进行，南斯拉夫以 21：16（12：5）胜出夺得冠军，罗马尼亚队获得第 3 名。

1976 年第 21 届奥运会在加拿大的蒙特利尔举行。女子手球也第一次得到国际奥委会承认并参赛。比赛受到了非洲国家的联合抵制，突尼斯退出了本次比赛，男子只有 11 个国家参加角逐。最终苏联队以 19：15（10：6）战胜罗马尼亚队夺得冠军，罗马尼亚队获得亚军，波兰队获得第 3 名。

第一次进入奥运会的女子手球比赛在蒙特利尔举行。有苏联、民主德国、匈牙利、罗马尼亚、日本、加拿大 6 个国家的代表队参赛，比赛采用单循环制，苏联队 5 战全胜积 10 分获得冠军，民主德国和匈牙利队分别获第 2 名和第 3 名。

1980 年第 22 届莫斯科奥运会受到了西方国家的联合抵制，因而，国际手联紧急补充名额。男子仍然有 12 个国家参加角逐。决赛在民主德国和东道主苏联之间进行，双方打得非常艰苦，上、下半场都战平，经过加时赛民主德国队才以 23：22（10：10／20：20）的 1 分优势险胜苏联队夺得冠军，匈牙利获得第 3 名。

女子手球比赛与上届奥运会相似，苏联队 5 战全胜积 10 分夺得冠军，南斯拉夫队和民主德国队分别获得第 2 名和第 3 名。

1984 年第 23 届奥运会，由于四年前在莫斯科所发生的事件，抵制的阴影笼罩着洛杉矶奥运会，这次许多队伍，尤其是东欧国家的队伍缺阵，结果组织者及国际手联被迫决定联邦德国、瑞典、瑞士、西班牙、冰岛、韩国男子队参赛。决赛在南斯拉夫和联邦德国之间进行，南斯拉夫队以 18：17（7：8）险胜联邦德国队夺得冠军，罗马尼亚队获得第 3 名。

女子由联邦德国、奥地利、韩国替换缺阵的球队参赛。南斯拉夫队 5 战全胜积 10 分夺得冠军；中、韩两国再次战平（24：24），韩国队积分居前获得亚军，中国队获得季军。

1988 年韩国汉城第 24 届奥运会没有受到政治因素影响，世界各国可以自由参赛，因此，在时隔 12 年后，世界优秀运

奥林匹克手球

动员又欢聚在一起。

男子决赛在苏联和东道主韩国队之间进行，苏联队以 32∶25（17∶11）战胜韩国队夺得冠军，南斯拉夫队获得第 3 名。

奥委会决定 1988 汉城奥运会女子手球参赛队从 6 支增加到了 8 支，采用混合赛制。在决赛阶段，韩国队分别战胜苏联和挪威队第一次夺得奥运冠军，挪威队获得亚军，苏联队获得第 3 名。

1992 年巴塞罗那第 25 届奥运会手球比赛的参赛队和 4 年前的韩国汉城奥运会一样，男子有 12 个代表队参加，女子有 8 个代表队参加。观众对女子和男子手球比赛的兴趣都相对较弱，因为比赛是在巴塞罗那奥运会比赛圈之外的格兰诺拉斯（Granollers）进行的，而决赛在巴塞罗那进行时观众达到了客满。

男子半决赛，瑞典队以 25∶22（10∶10）胜法国队，独联体队以 23∶19（11∶9）胜冰岛队。决赛在独联体队与瑞典队之间进行，独联体队以 22∶20（9∶9）胜瑞典队夺得冠军，法国队获得第 3 名。

女子半决赛相当激烈，两场比赛都是以 1 分优势战胜对手，挪威队以 23∶22（12∶11）胜独联体队，韩国队以 26∶25（17∶13）胜德国队。决赛在韩国队与挪威队之间进行，韩国队以 28∶21（16∶8）大比分战胜欧洲强队挪威，蝉联奥运会冠军，独联体队获得第 3 名。

1996 年亚特兰大第 26 届奥运会，"百年奥运"见证了最高水平的手球决赛，出乎人们意料之外，克罗地亚和丹麦一举夺得男子和女子的冠军，然而男、女参赛队伍的平等性尚待改进。

在乔治亚世界国会中心举行的男子比赛的所有场次的门票

都销售一空。观众达 35,000 人,没有一个空位置,这也是奥运会 7 人制手球比赛观众数的新纪录。

男子半决赛,瑞典队以 25∶20（11∶12）胜西班牙队,克罗地亚队以 24∶20（12∶8）胜法国队。决赛在克罗地亚队与瑞典队之间进行,克罗地亚队以 27∶26（16∶11）1 分优势险胜瑞典队夺得冠军。克罗地亚从南斯拉夫中解体出来,首次参加奥运会就获得冠军,可见南斯拉夫手球基础的广泛和实力的雄厚。瑞典队获得亚军,西班牙队获得第 3 名。

女子半决赛,丹麦队以 23∶19（12∶6）胜挪威队,韩国以 39∶25（19∶10）胜匈牙利队。决赛在丹麦队与韩国队之间进行,双方以 29∶29（17∶13）打成平局,经过激烈的加时赛,丹麦队最后以 37∶33 战胜两届奥运冠军韩国队,匈牙利队获得第 3 名。

女子的决赛轰动性地以丹麦战胜韩国而告终,而且,丹麦、韩国之战由于是代表手球两大流派的对决,比赛的精彩激烈程度是空前的,这次比赛将作为最佳的决赛之一而载入奥运会手球决赛的历史。此外,本届女子比赛所有门票都销售一空,反映出感兴趣的观众增多,也有力地说明,手球依旧是奥运会上一个强有力的项目。

1997 年,国际奥委会执委会在坎昆举行的会议上批准 2000 年悉尼奥运会女子手球参赛队由 8 支增加到 10 支。国际手联把女子参赛队数量的增加看作是向着追求男、女手球平等待遇迈出的一大步。

2000 年悉尼第 27 届奥运会是奥运历史上最引人注目的,按照奥委会主席安东尼奥·萨马兰奇的说法,观众和运动员在那里参加了一次"迄今为止最好的奥运会"。报纸以"手球——奥运会上的成功"为标题报道:手球是最吸引人的项目，男、女比赛的售票率达 99.9%。

男子半决赛，俄罗斯队以 29∶26（14∶15）胜南斯拉夫队，瑞典队以 32∶25（15∶10）胜西班牙队。决赛时俄罗斯队以 28∶26（13∶14）战胜瑞典队夺得冠军，西班牙队获得第 3 名。

女子半决赛，丹麦队以 31∶29（20∶11）又一次战胜韩国队，将韩国队挤出决赛；匈牙利以 28∶23（16∶10）胜挪威队。最终丹麦队以 31∶27（14∶16）胜匈牙利队，蝉联奥运会冠军，挪威队获得第 3 名。

纵观手球运动奥运历史（见奥运会手球比赛奖牌表），男子 9 枚金牌：苏联（包括独联体）3 枚，俄罗斯 1 枚，南斯拉夫 2 枚，克罗地亚 1 枚，德国 1 枚，民主德国 1 枚。9 枚银牌：分别由瑞典（3 枚）、奥地利、捷克斯洛伐克、罗马尼亚、苏联、联邦德国、韩国获得。9 枚铜牌：分别由罗马尼亚（3 枚）、西班牙（2 枚）、瑞士、波兰、南斯拉夫、法国获得。

女子 7 枚金牌：苏联、韩国、丹麦各获得 2 枚，南斯拉夫获得 1 枚。7 枚银牌：韩国、挪威各得 2 枚，民主德国、南斯拉夫、匈牙利各得 1 枚。7 枚铜牌：苏联、匈牙利各得 2 枚，民主德国、中国、挪威各得 1 枚。

在整个奥运会手球比赛中，有 20 个国家曾先后获得过奖牌，但 90% 是欧洲国家，10% 是亚洲国家，美洲、非洲和澳洲从未获得过。在 23 届（1984 年）奥运会以前，手球由欧洲国家一统天下，囊括了所有奖牌。第 23 届洛杉矶奥运会，中国和韩国打破了欧洲人一统天下的局面，分别获得铜牌和银牌。此后，中国表现平平，而韩国则迅速崛起，男子获得 1 枚银牌，女子又连续 2 次夺得奥运金牌和 1 枚银牌。

从发展趋势来看，欧洲仍然占有强大的优势，虽然原苏联和南斯拉夫已不复存在，手球的整体实力格局也发生了很大的变化，但是，原苏联和南斯拉夫的手球基础仍然影响着从他们中解体出来的国家，如俄罗斯和克罗地亚，在短短的几年内各获得 1 枚奥运金牌。中欧、北欧和西欧实力增强，瑞典男子连续获得 3 届奥运会的银牌（第 25、26、27 届），西班牙获得 2 枚铜牌（第 26、27 届），法国获得 1 枚铜牌（第 25 届）。丹麦女子连续 2 次夺得奥运金牌（第 26、27 届），挪威女子获得 2 枚银牌（第 25、26 届）和 1 枚铜牌（第 27 届）。

3. 手球运动的发展

　　欧洲是手球运动的发源地，从古希腊时期的抛球游戏到今天的手球运动无疑也有一段曲折的经历。比起用脚来，人类总是能更熟练地用手做事，著名体育历史学家断言：手球的发明比足球要早得多。

3.1 古代的抛球游戏

　　手球的最初形式与现代手球而言只能说是稍有关联。

　　古希腊人的"乌拉尼娅"（Urania）（根据荷马在《奥德赛》（Odyssey）中描述）、古罗马人的"哈普斯顿（Harpaston）"都是指用手来抛接球的游戏。

　　诗人荷马（公元前8世纪至7世纪初）在《奥德赛》中描述过这样一种抛球运动："古希腊阿尔喀诺俄斯（Alcinous）命嘱他的儿子：勇猛无比的哈利奥斯（Halius）与拉奥达马斯（Laodamus）起舞。兄弟两人的舞蹈，在其国度中谁也攀比不上。于是，舞者手拿紫红色的圆球，一件由能工巧匠波吕波斯（Polybus）用羊毛精心制作的漂亮精品。他们其中一人弯腰后仰，抛球出手，另一人高高跃起，在空中轻巧灵敏地接住球。在努力把球向上抛起之后，他们在空中来回飞舞，不停地从一点移动到另一点。"1926年，有人在雅典的城墙上找到一件刻于公元前 600 年的石碑上的浮雕，记载了上述事件。根据一位罗马医生克劳蒂尔斯·盖勒纳尔斯（Claudius Galenus）130～200 年间著作的描述，罗马人有一种手球游戏，名为"哈普斯顿（Harpaston）"，都具有某些与现代手球运动相似的特征，因此也可称作古代的抛球游戏。

3.2　中世纪的传球比赛

　　中世纪，有身份的女子和爵士们都对球类游戏很感兴趣，比赛的规则就是传球，传球次数多者为胜。彩带和铃铛装饰的球，从一个地方传到另一个地方，彩带在空中飞舞，铃铛发出悦耳的声音，情趣盎然。游吟诗人将最初的比赛称为夏季球。德国抒情诗人瓦尔特·封·德尔·福格威特（Walther von der Vogelwide，1170～1230）就唱过这样的歌，他称其为传接球比赛（Cath Ball Games），这就是现代手球比赛的雏形。

　　法国人拉伯雷（Rabelais 1494～1533）曾经描述过一种形式的手球："他们玩球，用的是手掌"。此外，1793 年，居住在格陵兰岛的爱斯基摩人也描述过一种用手来玩的球类游戏。

3.3　现代手球的创始

　　1848 年，丹麦体育教师霍尔格·尼尔逊（Holger Nielsen），发明了一种玩球的游戏，在体育馆内，场地两端各设置一球门，两队各派 7 名球员，用手进行传接球及射门，并命名为"手球运动"（Hannbold-Spiel），同时制定了相应的规则。尼尔逊将"手球运动"在奥尔特罗泊（Ortrup）中学推广，并于1897 年制定完备的规则加以推广，此项运动在北欧各国逐渐盛行，成为一项冬季的室内活动。现今室内手球或奥林匹克手球的形式就是以此为基础发展起来的。比赛场地略大于篮球场，球门比足球门略小（2.5 米宽，2 米高）。世人公认现代手球运动是丹麦人创始的，尊称尼尔逊为手球之父。

3.4 草地手球先锋

草地手球，又称足球场手球，也称室外 11 人制手球。因为它是在铺满草的足球场上进行的 11 人手球比赛。

现代手球运动首先出现于 19 世纪末期。其真正的推动力来自丹麦、瑞典和德国。

例如在 1897 年丹麦城市尼伯格（Nyborg）就举行了一次这样的比赛。

在瑞典，G. 瓦尔施特罗姆（G. Wallstrom）在 1910 年把一项名叫"手球"的运动介绍给了他的国家。

德国的体育教育专家们可以被称为草地手球之父了，他们在抓球（Raffball、'snatch ball）与康拉德·科赫（Konrad Koch 1846～1911）所描述的"柯尼西堡球"（königsbergerball）运动的基础上，创造为"手球运动"，并在世纪之交把手球运动作为一项单独的运动。

1912 年，国际足联秘书长、德国人希尔施曼（Hirschmann）试图把手球引入到足球场上，规则与足球一样，鼓励了草地手球运动的开展。

1915～1917 年间，德国的一位体育教师马克思·海泽（Max Heiser, 1879～1921），看到女孩子不能像男孩子那样玩足球，就发明了适合女孩子的手球游戏，称之为"门球"（Torball），并制定了第一套规则，场地长 40 米，宽 20 米，球门区线距球门仅 4 米，球门宽 2.5 米，高 2 米。使户外手球或草地手球的女子比赛在西蒙斯（Siemans）真正展开。因此，马克思·海泽（Max Heiser）被认为是草地手球运动的缔造者。

1919 年，一位柏林的高等体育学校教师卡尔·舍伦茨（Karl Schelenz, 1890～1956），利用足球场在男孩中宣传推广"门球"，并将门球和其他几种很盛行的玩球游戏结合起来，发展成为一种新的手球运动，男女皆可参加，人数固定为 11 人。他把球场扩大 1 倍，长 80 米，宽 40 米，球门区线距球门加长 8 米，球门宽 5 米，高 2.1 米，选用较小的球，规定了传球和射门前可以跑三步，攻守双方可以有合理的身体接触，使比赛较为激烈。卡尔·舍伦茨制定的规则也逐步被其他国家所接纳，在欧洲正式开始了这项手球运动，他们在一个正规的足球场地上举行比赛。此后，他还改进了比赛规则。现在，世人普遍承认他是草地手球运动发明者之一。

1920 年 9 月 13 日，德国高等体育学校校长卡尔·迪姆（Carl Diem）把手球列入学校教学计划。

第一场载入史册的手球国际比赛是在 1925 年 9 月 3 日，德国以 6:3 战胜奥地利。

1926 年，国际业余田径联合会（International Amateur Athletic Federation——IAAF）代表大会在海牙举行，他们指派了一个委员会，制定了一部国际性的草地手球规则。

3.5　国际手球联合会的先驱

手球在它的发展过程中起先并未被认可为一种享有自己权力的独立运动，而是与篮球和排球一样，隶属于国家田径与体操协会。

在国际上，国际田径业余联合会直到 1928 年才考虑到手球的利益。1926 年在荷兰举行的第 7 届国际田径业余联合会（IAAF）大会上建立了一个手球专门委员会，该委员会负责组织所有开展手球运动的国家并检验包括国际比赛在内的规则标准问题。国际田径业余联合会还安排筹备建立一个专门的国际业余手球联合会。

1928 年 8 月 4 日，国际业余手球联合会（International Amateur Handball Federation——IAHF）在阿姆斯特丹奥林匹克运动会期间成立，11 个国家参加了国际手球业余联合会，并进行了男子 11 人制手球表演赛。创立者之一便是当时的国际奥委会主席埃弗里·布伦戴奇（Avery Brundage，美国人），并由他兼任第一任主席，直到 1938 年，他还是董事会成员之一。国际业余手球联合会的成立，致使现代手球在 20 世纪 30 年代得到很大的发展，并且逐步被推广到瑞典、挪威、芬兰、瑞士、奥地利、比利时、荷兰等国家以及亚洲、北美各国和地区。1934 年，手球成为一项国际运动，在 25 个国际手球业余协会成员国中开展。1936 年，在德国柏林举行的第 11 届奥运会上，室外 11 人制手球被列为比赛项目。1938 年，国际业余手球联合会成立 10 周年的时候，在德国举行了首次室内、室外手球世界锦标赛。

3.6 国际手球联合会的成立

第二次世界大战结束后，手球运动迅速在世界范围内广泛开展。1946 年，国际业余手球联合会（IAHF）被解散之后，在丹麦和瑞典的发起和邀请之下，丹麦、芬兰、法国、荷兰、挪威、波兰、瑞典与瑞士 8 个国家在哥本哈根成立了国际手球联合会（International Handball Federation——IHF）。IHF 正式诞生日为 7 月 11 日。

1996 年，国际手球联合会成立 50 周年时便拥有 138 个成员。据 2002 年的统计，国际手球联合会已拥有 147 个协会会员，有男、女手球队 154,655 个，运动员 6,280,658 人（图 2）。手球已发展成为世界性的运动项目。

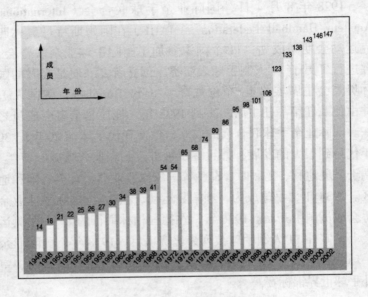

图 2　IHF 成员的发展

3.7　室内、室外手球同样流行

国际手联成立时，7 人制手球和 11 人制手球共同活跃在体育舞台上。

国际手联成立 5 个月后，在其主办之下，第一个正式的国际性比赛于 1946 年 11 月 6 日在卢森堡举行，瑞典队 9∶7 击败了丹麦队。在那个时期，古典的 11 人制的户外足球场地手球运动对于中欧人来说太亲切了，所以它与发展很快的室内 7 人制小场地比赛形式仍然同样流行。两种方式都拥有自己的爱好者：1955 年，50,000 名观众看了室外 11 人制手球世锦赛的决赛，这场比赛在柏林举行，最终联邦德国队以 25∶13 击败了瑞士队。但是，1958 年在东柏林举行的第 3 届室内 7 人制世界锦标赛的决赛，是在瑞典与捷克斯洛伐克之间进行的（22∶12）。这场比赛也是在一个人山人海的体育馆里举行，有 6500 名观众看了比赛。本届比赛有 17 支球队参加。1957 年，在法国体育杂志《队报》的策划下，举办了男子欧洲杯赛。然而，国际手联曾试图将手球运动列入 1960 年奥运会比赛项目的希望未能实现。

这个时期，东欧国家逐渐成为世界手球的主宰者。男子手球具有优势的国家有：瑞典、捷克斯洛伐克、德国、丹麦等。女子手球优势国家有：捷克斯洛伐克、匈牙利、南斯拉夫等。

3.8　室外手球被室内手球取代

20 世纪 60 年代，尽管有许多次的规则改变，都希望使 11 人制手球更吸引人，然而却不能挽救它。尤其是斯堪的纳维亚和东欧国家几乎都毫无例外地与所有非欧洲国家那样都转向快速的室内 7 人制手球赛。结果，1960 年在荷兰进行了最后一次女子室外 11 人制手球世界锦标赛（罗马尼亚队获得胜利），男子最后一次 11 人制世界锦标赛也于 1966 年在奥地利举行（联邦德国队胜出）。

同时，室内手球运动正快速发展，1967 年在瑞典举行的第 6 届 7 人制手球世界锦标赛，共有 25 个国家参加，其中有亚洲的日本队。在此之前，手球是欧洲人的运动，日本是第一个参加 7 人制手球世界锦标赛的非欧洲球队。

　　1965 年，国际奥委会批准 7 人制手球为 1972 年慕尼黑奥运会比赛项目，从此 7 人制手球取代了 11 人制手球，独占国际竞技体育一席之地。

3.9　进军奥林匹克

　　自国际手联成立的那一天起，就致力将手球列为奥运会比赛项目。1952 年在芬兰举行的奥运会，手球只是作为表演项目。手球运动真正的突破是 1965 年，在西班牙马德里举行的第 64 届奥委会上，将男子室内 7 人制手球列入 1972 年的奥运会项目。1976 年女子手球也成为奥运会比赛项目。

　　20 世纪 60 年代，世界手球强国有：德意志联邦共和国和德意志民主共和国（室外 11 人制手球），罗马尼亚，捷克斯洛伐克，瑞典和匈牙利（室内 7 人制手球）。

3.10　新的组织机构，更为频繁的赛事

　　经过十年的努力，手球最终成为奥运会项目。20 世纪 70 年代，国际手联不得不使它的机构与世界范围内的手球重要性的增长相一致。于是，1972 年在联邦德国纽伦堡举行的第 14 届国际手球联合会代表大会上，决定在巴塞尔建立一个总秘书处，成立一个包括组织和竞赛委员会（COC），规则和裁判委员会（PRC），教练和方法委员会（CCM），发展和宣传委员会

（CPP），医学委员会（MC）五个委员会的组织。国际比赛的范围在不断扩展，参赛队越来越多，为了更合理地反映手球运动的水平，国际手联于 1977 年设立了世界锦标赛的 B 组和 C 组比赛。同年，又设立了世界青年锦标赛。在欧洲，除举办欧洲杯赛外，又得到优胜者杯赛的补充。在泛美洲，首个洲际联合会于 1977 年创立，其中美国国家队成为一支经常在世界锦标赛上亮相的队伍。在亚洲，手球联合会也于 1977 年成立，并在同年设立了亚洲男子手球锦标赛，日本仍保持它在非欧洲国家中的手球顶级地位。

20 世纪 70 年代，东欧国家成为手球强国，他们是罗马尼亚，民主德国，南斯拉夫和苏联。

3.11　风云变幻的 80 年代

首先，20 世纪 80 年代初期，在特殊的国际政治环境中，第 22、23 届奥运会有严重的缺席情况，手球也不得不面对这种联合抵制的影响。比方说，在 1980 年的莫斯科奥运会上，卫冕世界冠军的联邦德国队没有参加；而在 1984 年的洛杉矶奥运会上，奥运冠军苏联队和新生的世界冠军民主德国队也没有参加，影响了手球运动的发展。

其次，由于规则不够严谨，致使比赛越来越粗野，失去观赏价值。在 1980 年的莫斯科奥运会上，极其严酷的手球决赛引起了广泛的关注。为此，国际手联采取强有力的行动：对规则不严谨的地方作了必要的、及时的修改，新的规则确定手球比赛既有身体上的对抗又保持公平。

另外，手球比赛的竞争仍然很激烈，1982 年的男子手球世界锦标赛决赛在苏联和南斯拉夫之间进行，并且经过加时赛，以 30∶27 结束。直到今天许多专家仍认为这场比赛是最棒的一场手球比赛。韩国替代了日本在非欧洲国家地区手球的领先地位，他们的女子手球队如同惊雷一般赢得了 1988 年汉城奥运会的金牌。而在泛美洲，所有注意力都集中到了古巴队上。

这个时期的优势国家有：苏联，南斯拉夫，民主德国，匈牙利与韩国（女子手球）。

3.12　世界手球运动的发展与变化

20 世纪 90 年代，手球正在成为全球及媒体关注的体育项目。由于那些越来越自信的非欧洲国家踊跃要求参加，手球世界锦标赛中，参赛国不断增加，1995 年共有 24 支男队及 20 支女队参赛。在男子世锦赛中，5 支来自亚洲、非洲和美洲的队伍一下子进入 16 强。在世界范围内，电视转播手球赛的时间也逐步增加。

国际手联力图争取女队与男队在奥运会中享有相同的权利，但并没成功。当 12 支男子手球队可进军亚特兰大时，女子手球队却只能有 8 支。在 1994 年 6 月的"世界手球日"上，国际手联获得巨大的成功：有 40 多个国家宣布要采取行动推进手球运动的发展。1997 年，奥委会批准在 2000 年奥运会上，女子手球有 10 支队伍参赛。

欧洲是手球的发源地，而且是开展最普遍、水平最高的地区，但是手球联合会却是最晚成立的。欧洲手球联合会（EHF）于 1992 年成立，它的秘书处设于维也纳。欧洲手球联合会从国际手联手中接收了欧洲杯赛。

欧洲范围内广泛的政治变动对于体育也产生了巨大的影

响：以前手球领先的国家，像苏联、捷克斯洛伐克、南斯拉夫都解体了，从他们中解体出来的国家努力地去争夺世界手坛的一席之地。

继韩国女队之后，又一非欧洲国家确立了其在世界手坛的领先地位：1993 年，埃及男队达到了巅峰，赢得了男子青年世界锦标赛冠军。

3.13 女子手球运动

女子手球开展较晚。20 世纪初期，只是开展一些游戏活动。第二次世界大战以后，国际手联成立，女子手球运动才得以发展。1949 年，首届女子 11 人制手球世界锦标赛在匈牙利举行，至 1960 年共举行了 3 届。女子 7 人制手球世界锦标赛于 1957 年在南斯拉夫首次举行，到 2001 年共举行了 15 届比赛。从 1976 年起，女子 7 人制手球也被列为奥运会正式比赛项目。21 ~ 23 届为 6 队，24 ~ 26 届增至 8 队，从 27 届开始增为 10 队。在奥运会中，女子手球尚未享有与男子手球相同的权利。

3.14 竞技手球职业化

20 世纪 50 ~ 80 年代早期，手球比赛主要都是在业余运动员中开展，奥运会上的比赛尤其如此。但是，优秀的手球运动员，无论在东方还是西方国家，要么由政府支持，要么由公司赞助。

原苏联及东欧国家的解体后，不少优秀运动员和教练员移民西方。尤其是在 20 世纪 80 年代后期，国际比赛中的优秀业余运动员也纷纷加入西欧俱乐部，成为职业运动员。由于球员的流动，促进了西欧手球运动的发展。

20世纪90年代，五大洲各成员国协会之间的运动员转会逐渐频繁，聘请外籍教练的现象也在增多，竞技手球职业化的进程正在逐步向纵深发展。

3.15 世界手球格局的演变

手球运动一直由欧洲国家主宰。

20世纪30年代，中欧和北欧占统治地位。如：德国囊括了奥运会、室外11人制手球、室内7人制世锦赛的冠军，参赛国基本上是欧洲国家。

50～80年代初，东欧国家手球运动迅速崛起，并处于主导地位。苏联、罗马尼亚、民主德国、匈牙利、南斯拉夫、捷克斯洛伐克等国，在世界锦标赛、世界青年锦标赛、奥运会等国际性男女手球比赛中包办前三名。只有瑞典、联邦德国对这些东部集团显示出些许抵抗力。

进入80年代后，亚洲手球运动开始崛起，1984年韩国、中国女子手球队分获第23届奥运会的银牌和铜牌。4年后在汉城奥运会上，韩国女子手球和男子手球分别获得了冠、亚军的殊荣，又一次打破了欧洲人一统天下的局面。1992年韩国女子手球蝉联奥运会冠军，1995年韩国女子手球又获得第12届世界锦标赛的冠军。同时，不少非洲国家（埃及和阿尔及利亚）在国际手球比赛中也有了一定的地位。

90年代初期，东欧国家解体，世界手球优势又向中欧、北欧和西欧转移。法国、瑞典和丹麦等国家再次主导手球运动。90年代中后期，解体后的东欧国家走出低谷，又跃居世界手球前列，与中欧、北欧和西欧国家抗衡，形成新的格局。俄罗斯、克罗地亚、瑞典、法国、丹麦、挪威等，都显示出强大的实力。

近几年来，国际手联多次进行总体排名统计，前8名全部是欧洲国家，只有韩国、埃及、突尼斯3个非欧洲国家有资格参与排名，而且是排在后面，当今手坛仍然是欧洲国家称雄争霸的局面。

4. 7人制手球

　　7人制手球又称室内手球。

　　7人制手球比赛是在室内进行的，场地比篮球场大。比赛双方各上场7人，其中1人为守门员、2个后卫、1个中卫、1个中锋和2个边锋。

　　7人制手球比赛，由于场地小、6攻6守、比赛速度快，对抗激烈精彩，技战术要求高，经常出现美妙的射门动作。又引入篮球等项目比赛规则，暴力性玩法受到更严格的惩罚，因而变得更加安全，可看性更强。而且观众可远离寒冷，舒服地坐着观看。与足球相比，7人制手球动作更丰富，其比分更高，更让人兴奋。易于吸引球员的热烈参与以及观众的浓厚兴趣，乃使各国竞相提倡，特别是东欧和非欧洲国家。原本大力推展11人制手球运动的中欧各国也致力推展7人制手球运动，自此7人制手球运动亦逐渐向世界各地普及。

　　1965年，奥委会决定将7人制手球列为1972年奥运会的比赛项目之后，7人制手球逐渐取代了11人制手球，同时也得到迅速的发展。1976年女子手球也成为21届奥运会比赛项目。1977年国际手联又增设了B组、C组的世界锦标赛和世界青年锦标赛。除上述比赛外，还有洲际比赛、各洲的比赛、世界大学生和中学生比赛等，7人制手球已成为世界性的竞技运动项目。

最初的 7 人制手球比赛，场地略大于篮球场，球门宽 2.5 米，高 2 米比足球门小。手持球不能超过 3 秒，运球前后可以走 3 步等。在此基础上，经过数十年的发展，手球的竞赛规则日趋完善。

今天，世界锦标赛、世界青年锦标赛、奥运会手球比赛都在室内地板场地上进行。

5. 11 人制手球

11 人制手球，又称室外手球，也称草地手球。

11 人制手球比赛在大型足球场上进行，运动员穿足球鞋。比赛双方各上场 11 人，其中 1 人为守门员、4 个后卫、2 个中卫、4 个前锋。

1926 年，国际业余体育联合会指派了一个委员会制定了一部国际性的草地手球规则。

11 人制手球比赛是在标准的足球场上进行的，不同的是足球的球门区是长方形的，手球的球门区是弧形的。

20 世纪 50 年代手球竞赛规则：场地长 90～110 米，宽 60～75 米。球门宽 7.32 米，高 2.44 米。球门区以球门线（11 米线）为界（球门区由：在球门正前方，距球门线 11 米并与球门线平行的 7.32 米线段和以球门柱为圆心，以 11 米为半径画出两条 90° 弧线与 7.32 米线段两端以及球门线相接的区域构成）。任意线（17 米线）是一条虚线，距离球门区线 11 米并与之平行。罚球线（13 米线），距离球门线 13 米并与之平行（图 3　1956～1959 年场地图）。球为专用手球。比赛时，场上运动员可以跑向球门区以外的任何一个地方。

60 年代的规则主要改动是球门区的画法和距离的改变。球门区以球门中心点，以 13 米为半径画一半圆。任意球线仍以球门中心点为圆心，以 19 米为半径画一半圆。这样，球门

手球场地图

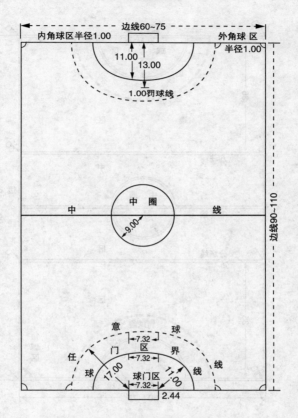

图 3　1956～1959 年场地图（单位：米）

区加深，任意球线也随之拉远。罚球线由 13 米增加到 14 米。特殊的改动是：球场内用两条分场线分成三个区域，每条分场线距球门 35 米，与端线平行。两分场线中间的地区叫中区。每条分场线与端线中间的地区叫端区。并在与边线相接之处插

手球场地图

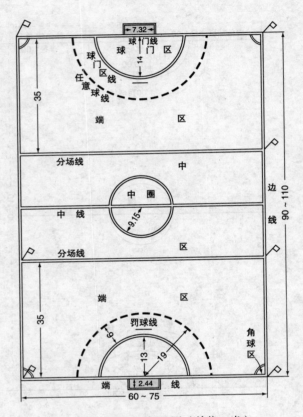

图4　1960～1966年场地图（单位：米）

上标志旗。角球区的圆心处竖立角旗（图4　1960～1966年场
地图）。

由于球场分成三个区域，故规则规定：前锋不准回后场
（本方端区）和后卫不能进入前场（对方端区），进攻时后卫不

能越过 35 米的限制线，因此比赛时也就形成了 6 人参加进攻和防守。规则的改变，克服了双方 20 个人在球门区前争夺的混乱局面，有利于手球技、战术的施展。同时又出现了比赛因为场地很大，进攻时后卫又不能越过限制线，中、前场争夺少，比赛不够紧凑、激烈，射门距离远，难度大、进球少，再加上受气候的影响和大场地的缺乏，失去了手球的观赏价值，观众对其兴趣逐渐减弱，这就成为 11 人制手球被 7 人制手球取代的主要原因之一。

6. 世界各地的手球运动

手球是体育文化的一个组成部分，它深受政治、经济、历史、文化、宗教、信仰以及妇女地位的影响。

6.1 欧洲——手球魂

手球起源于欧洲。手球运动遍及整个欧洲，几乎所有的国家都开展手球运动，有着广泛的群众基础。

欧洲很多国家的手球比赛是分等级进行的，有甲级 A、B、C 组，乙级，青少年比赛等，而且非常重视对青少年的培养。

可以说：世界手球运动是由欧洲国家主宰着。20 世纪 30 年代，手球几乎只在中欧和北欧开展。如丹麦、德国、瑞典等国家，对手球运动起了发动的作用。

第二次世界大战后，东欧国家迅速崛起，东欧国家以强大的实力成为手坛霸主。20 世纪 50～80 年代，是东欧国家的鼎盛时期，手球的世锦赛、世青赛、奥运会手球比赛的冠军，几乎被他们囊括。其中以苏联、南斯拉夫、民主德国、罗马尼亚、捷克斯洛伐克、匈牙利为代表。他们在手球教学、训练、科研、青少年培养、竞赛、国际交往等方面均已形成完整的体系。他们依仗天赐的高大身材，采用外围强攻，超手射门，内外配合，强行突破并组织强有力的一线防守，阻截对方进攻，获取胜利。很明显，东欧诸国凭借身高力大的特点和完善的训练体制，经过系统的探索，形成"力量型"打法，成为典型的欧洲流派。对促进手球运动的普及和提高起到了重要的作用。苏联、南斯拉夫、民主德国、捷克斯洛伐克现已不复存在，但对手球的贡献是不可磨灭的。

90 年代初期，东欧国家解体，运动水平下降，优秀运动员纷纷出国，流向中、北、西欧，谋求生存。客观上对手球的技、战术和打法起到了交流的作用，同时又使中、北、西欧国家的手球得到了发展的生机。他们通过转会引进优秀运动员，并凭借自身的实力，再吸取亚洲技巧型的打法，向综合型发展。实践证明，1990～2001 年间，中北欧在世界大赛中进步显著。其中最具代表性的是丹麦、法国和瑞典。在此期间，丹麦女子参加了所有的世锦赛和世青赛以及 2 届奥运会的手球比赛，多次获得冠、亚、季军，特别是在第 26、27 届奥运会上，获得 2 次冠军。男子青年在 6 届世青赛上，获得 2 次冠军、1 次亚军。在 2000 年奥运会后，国际手联排名第 1，在 2001 年世界锦标赛后排名第 2。法国，男子手球队参加了 6 届世锦赛，获得 2 次冠军，1 次亚军，1 次季军；他们参加了 3 届奥运会，获得 1 次季军，1 次第 4 名和 1 次第 6 名。2000 年奥运会后，国际手联排名第 2，2001 年世界锦标赛后排名第 1。瑞典男子也参加了 6 届世锦赛，获得 2 次冠军，2 次亚军，2 次季军；参加了 3 届奥运会，获得 3 次亚军。国际手联排名 3～4 之间。

90 年代中后期，解体后的东欧国家，随着经济的好转，逐步走出低谷，手球水平得到恢复和提高，大有重振雄风的气势。如俄罗斯和克罗地亚，又跃入先进行列。俄罗斯在 1993～2001 年间，男子参加了 5 届世锦赛，获得 2 次冠军，1 次亚军；参加了 5 届世青赛，获得 2 次冠军；参加了 2 届奥运会获得 1 次冠军。克罗地亚，男子参加了 4 届世锦赛，获得 1 次亚军，参加了 1 届奥运会，就获得冠军，2003 年世锦赛上又获得冠军。

手球男、女世界锦标赛、世界青年锦标赛、奥运会手球比赛 6 项冠军，在同一统计时间内，一个国家夺得 4 项冠军是少有的，在欧洲就出现过两次：一次是 1980～1982 年，苏联获得女子世界锦标赛、世界青年锦标赛、奥运会冠军和男子世界锦标赛冠军；第二次是：1996～1997 年，丹麦获得女子世界锦标赛、世界青年锦标赛、奥运会冠军和男子世界青年锦标赛冠军。进入 21 世纪，欧洲又是群雄争霸，对未来的手球运动必将是巨大的推动。

6.1.1　丹麦——手球创始

现代 7 人制手球起源于丹麦（1898 年），一百多年来，丹麦不仅对手球运动作出了不可磨灭的贡献，而且有坚实的、广泛的群众基础。丹麦重视对青少年的培养和技战术的研究，是欧洲众多国家中接近亚洲打法的国家，同时又具有欧洲打法的特点，在世界重大比赛中能取得好的成绩，成为世界手球强国。

近 10 年来，丹麦各种手球比赛的冠、亚、季军，几乎都是在 1990～2001 年期间所取得的。1996～1997 年度，丹麦是世界手球大赢家，世界大赛 6 个冠军，丹麦夺得 4 项桂冠。丹麦女子，是惟一一个参加了所有女子世青赛的国家，计 139 分，世界排名第 1。他们仅参加了最近 2 届（26、27）奥运会，却获得两次冠军。国际手联在 27 届奥运会后的统计中，排名均列榜首（47 分）；2001 年世锦赛之后排名第 2（43 分），成为世界手球运动强国。

丹麦男子参加了 5 届 11 人制手球世界锦标赛，名次均列前。7 人制手球，丹麦参加了 14 届世界锦标赛，但近 10 年来，男子成绩不尽人意，有 3 次未进入世锦赛的决赛。在 20世纪 90 年代前，丹麦男子队曾获得 1 次亚军，5 次第 4 名，2次第 5 名，计 137 分，排名第 3。男子青年成绩不错，参加了12 届世青赛，近 10 年来获得 2 次冠军、1 次亚军，计 130 分，排名第 3。参加了 4 届奥运会的手球比赛，最好成绩是第 4名，计 30 分，排名第 12。

丹麦女子曾参加过 1 届 11 人制手球世锦赛，获第 5 名。7人制手球世锦赛，丹麦参加了 12 届，近 10 年来获得冠军、亚军、季军各 1 次，计 133 分，排名第 4。丹麦女子参加了全部13 届世界青年锦标赛，获 1 次冠军、2 次亚军、1 次季军，计139 分，排名第 1。丹麦女子只参加了最近的两届奥运会，但都获冠军。从而使丹麦的总体排名列前。

6.1.2 德国——手球摇篮

纵观手球运动的历史，德国不愧于是草地手球的摇篮。很多重大事件都发生在德国：第一个将手球列入学校教学大纲、第一次举办国际比赛、第一次举办奥运会手球比赛、举办第 1 届手球世界锦标赛（室内、外）。20 世纪 30 年代，德国是手球的主宰，包揽了室内外世锦赛和奥运会手球比赛的冠军。

第二次世界大战后，德国分为民主德国和联邦德国。两国各自参加世界重大比赛，都取得好的成绩。50 ~ 60 年代，他们垄断了男子 11 人制手球比赛的冠军；在 7 人制比赛中，成绩也名列前茅。70 ~ 80 年代，两国在比赛中多次夺得冠、亚军。在手球教学、训练、科研、青少年培养、竞赛、国际交流方面都起了重大的促进作用。在世界手球运动中，留下了不可磨灭的历史印记。

90年代初期，民主德国和联邦德国统一，以一个国家的名义参加世界重大比赛，但成绩却平平，2001年世锦赛之后，在国际手联排名第12。

德国手球有广泛的群众基础，有5,046个俱乐部，34,900支各年龄段的男女运动队，830,287注册运动员。他们比较重视青少年训练，有业余的训练，有专门的手球寄宿学校。德国拥有众多现代化的运动馆和训练场地，甚至还有室内沙滩手球馆等。

6.1.3　瑞典——老当益壮

瑞典是手球运动开展最早的国家之一，1910年，G.瓦尔施特罗姆（G.Wallstrom）就把手球引入他的国家。瑞典也是国际手联发起国之一，对世界手球运动发展起了很大的推动作用。九十多年来，一直保持雄厚的实力，男子手球特别出色，是惟一一个参加所有男子世锦赛的国家。男子青年世锦赛，也只缺席1次。参加了6届奥运会，成绩突出。特别是近10年来，他们吸收世界各国的精华，潜心研究出独特的打法，是当前"综合型"打法的典范，在国际重大比赛中取得优异的成绩。2000年奥运会后和2001年世锦赛之后，在国际手联排名中均为第4。

男子参加了5届11人制世锦赛，获得1次冠军、1次亚军、1次季军。参加了男子7人制所有的世锦赛（17届），获得4次冠军、3次亚军、4次季军，共计209分，排名第1。参加了12届世青赛，成绩列前，其中获得3次亚军，2次季军，共计 138 分，排名第 2。参加了 6 届奥运会，最近的 3 届都获得亚军，计 73 分，排名第 2。

女子的成绩一般，参加了 5 届世锦赛，计 34 分，排名第 14，参加了 6 届世青赛，计 54 分，排名第 9。

6.1.4　奥地利——元老之一

奥地利是开展手球最早的国家之一。载入手球史册的第一场比赛就是在奥地利与德国之间进行的——1925 年 9 月 3 日，奥地利以 3∶6 负于德国。1936 年奥地利就参加了第 11 届奥运会手球比赛，获得亚军。1938 年参加首届 7 人制世锦赛，又获得亚军。

第二次世界大战后，进入世界重大比赛决赛的机会很少。

20 世纪 90 年代，奥地利抓住了发展机遇，引进优秀运动员，又跻身于世界重大比赛。在 2000、2001 年国际手联排名中均为第 13 名。

男子参加了 6 届 11 人制手球世锦赛，获得 1 次季军。只参加了 2 届 7 人制世锦赛，获得首届比赛亚军，计 17 分，排名第 20。参加了 4 届世青赛，计 13 分，排名第 23。参加 1936 年奥运会手球比赛，获得亚军，计 14 分，排名第 19。

女子参加了 3 届 11 人制世锦赛，获得 2 次亚军。参加了 8 届 7 人制世锦赛，最好成绩是获得 1 次季军，计 68 分，排名第 7。参加了 6 届世青赛，计 22 分，排名第 17。参加了 3 届奥运会，计 32 分，排名第 7。

6.1.5　法国——老兵新传

法国是开展手球运动较早的国家之一。16 世纪，拉伯雷（Rabelais）就描述过一种用手玩的球，说："他们玩球，用的是手掌"。法国也是国际手联发起者之一。20世纪30～80年代，成绩不理想，男子只有3次进入世锦赛决赛，女子1次也没有，而且都未参加过奥运会手球比赛。20世纪90年代以来，法国引入优秀运动员，吸收了先进的技战术，跻身于世锦赛和奥运会。特别是男子，成绩突出，连续参加了6届世锦赛，获得2次冠军，1次亚军，1次季军，成为世界强国。2000年奥运会后，国际手联排名第2，2001年世锦赛之后，超过丹麦，在国际手联排名中第一次登上世界第一的宝座。

男子参加了1届11人制世锦赛，获第4名。参加了9届7人制世锦赛，获得2次冠军、1次亚军、1次季军，计98分，排名第6。参加了10届世青赛，获得1次季军，计79分，排名第5。参加了3届奥运会，获得1次季军，计35分，排名第10。

女子参加了2届11人制世锦赛。参加了5届7人制世锦赛，获1次亚军，计37分，排名第12。参加了9届世青赛，计65分，排名第6。参加1届奥运会，计10分，排名第10。

6.1.6 挪威——再度崛起

挪威是国际手联发起国之一，北欧霸主。主要开展室内手球，有独特的风格，运动员身材高大彪悍，作风凶猛泼辣。挪威女子成绩比较好，特别是20世纪90年代，成绩列前，多次获得冠、亚军。2000年奥运会后，国际手联排名第8，2001年世锦赛之后，排名第7。

男子参加了2届11人制世锦赛。参加了6届7人制比赛，计32分，排名第14。参加了6届世青赛，最好成绩是第4

名，计 36 分，排名第 12。只参加过 1972 年奥运会手球比赛，计 7 分，排名第 25。

女子参加了 11 届 7 人制世锦赛，获得 1 次冠军、2 次亚军、2 次季军，计 126 分，排名第 5。参加了 9 届世青赛，获得 1 次季军，计 88 分，排名第 5。参加 4 届奥运会，获得 2 次亚军、1 次季军，计 53 分，排名第 2。

6.1.7 原苏联——功不可没

第二次世界大战后，苏联在世界上政治地位很高，经济蒸蒸日上，大力开展体育运动，在世界重大比赛中取得优异成就，成为体育强国。在手球运动方面也是如此。苏联在 20 世纪 60 年代开始参加世界手球赛事。有一套完整的手球教学、训练、科研、青少年培养、竞赛、国际交往体系，形成"力量型"的典型流派，对手球运动产生重大的影响。90 年代初期苏联解体，但在手球运动方面起了不可磨灭的作用。

在 20 世纪 60～80 年代 30 年间，苏联手球显示了强大的实力，1980～1982 年间，他们共夺得世界大赛冠军 6 个中的 4 项桂冠：女子奥运会冠军、世锦赛冠军、世青赛冠军和男子世锦赛冠军。

男子参加了 8 届 7 人制世锦赛，曾获得 1 次冠军、2 次亚军，计 91 分。参加了 8 届世青赛，获得 5 次冠军、1 次亚军、2 次季军，计 120 分。参加了 5 届奥运会，获得 3 次冠军、1 次亚军，计 73 分。

女子参加了 7 届 7 人制世锦赛，获得 3 次冠军、2 次亚军、1 次季军，计 99 分。参加了 8 届世青赛，获得 7 次冠军、1 次亚军，计 126 分。参加了 4 届奥运会，获得 2 次冠军、2 次季军，计 58 分。

6.1.8　俄罗斯——前景光明

俄罗斯是原苏联最大的一个成员，几年来走出了低谷，在世界比赛中取得优异成绩，展现出强大的实力，他们成绩稳定，前景光明。26届奥运会后，国际手联排名第1，27届奥运会和2001年世锦赛之后都排名第3。

在短短的10年里，男子参加了5届世锦赛，获得2次冠军，1次亚军，计67分，排名第9。参加了5届世青赛，获得2次冠军，计57分，排名第9。参加了2届奥运会，获得1次冠军，计27分，排名第14。

女子参加了5届世锦赛，获1次冠军，计53分，排名第9。参加了5届世青赛，获2次冠军、1次亚军，计65分，排名第7。

6.1.9　南斯拉夫——强势不复存在

南斯拉夫是东欧集团的重要成员，一直是手球强国。在手球教学、训练、科研、青少年培养、竞赛等方面有一套完整的体系。在广泛的国际交流中，为推动世界手球运动的发展，起了不可磨灭的作用。但在20世纪90年代，因政治动荡，战事不断，经济下滑，优秀运动员大量流失，水平下降。2000年，南斯拉夫由于在悉尼奥运会上的出色表现，一下子从第10位跃居第6位。2001年世锦赛之后，排名第5。而新建立起来的克罗地亚、马其顿却跻身手坛，特别是克罗地亚，锋芒毕露。

男子参加了2届11人制世锦赛。参加了12届7人制世锦赛，获得1次冠军、1次亚军、4次季军，计138分，排名第2。参加了12届世青赛，获得3次冠军、1次亚军、3次季军，

计 150 分，排名第 1。参加了 6 届奥运会，获得 2 次冠军、1
次季军，计 78 分，排名第 1。

女子参加了 1 届 11 人制世锦赛。参加了 11 届 7 人制世锦
赛，获得 1 次冠军、3 次亚军、3 次季军，计 141 分，排名第
3。参加了 10 届世青赛，获得 1 次冠军、1 次亚军、1 次季军，
计 105 分，排名第 3。参加了 3 届奥运会，获得 1 次冠军、1
次亚军，计 42 分，排名第 4。

6.1.10 克罗地亚——为祖国而战

20 世纪 90 年代，克罗地亚从南斯拉夫中解体出来，年轻
的克罗地亚共和国渴望得到国际社会的承认和重新赢得自信。
他们参加世界比赛表现突出，男子获 1995 年第 14 届世锦赛亚
军、1996 年第 26 届奥运会手球比赛冠军。这是克罗地亚在亚
特兰大奥运会上夺得的惟一的一枚金牌，是手球运动员对祖国
做出的重大贡献。2003 年世界锦标赛，克罗地亚运动员为了
给苦难的同胞送上礼物，在逆境中艰苦拼搏，连克世界强队，
夺得世锦赛冠军。成为极少数同时拥有奥运会和世锦赛金牌的
球队。

在短短的 7~8 年时间里，男子参加了 4 届世锦赛，获得
1 次亚军，计 30 分，排名第 16。参加了 3 届世青赛，计 18
分，排名第 18。参加了 1 届奥运会，获得冠军，计 16 分，排
名第 18。

女子参加了 2 届世锦赛，计 16 分，排名第 19。参加 2 届
世青赛，计 9 分，排名第 31。

6.1.11 匈牙利——既是元老又是强国

匈牙利是开展手球运动最早的国家之一。1936 年就参加

了第 11 届奥运会的首次手球比赛，获得第 4 名，在 1938 年首届 11 人制世锦赛中，获得季军。匈牙利也是东欧集团军之一，长期以来，实力雄厚，成绩突出，男子手球队曾在 1986 年获得世锦赛亚军。但从那时起，匈牙利手球每况愈下，1995 年跌落到低点，在世界锦标赛上没有能进入 1/8 决赛。2001 年没有资格进入世锦赛。女子成绩好于男子。女子参加了 14 届世锦赛，计 165 分排名第 1、奥运会排名第 3，男子排名在第 5、6 之间。2001 年总体排名由第 6 降至第 8。

男子参加了 4 届 11 人制世锦赛，曾获得 1 次季军。参加了 13 届 7 人制世锦赛，获得 1 次亚军，计 103 分，排名第 5。参加了 8 届世青赛，获得 1 次亚军，计 70 分，排名第 6。参加了 6 届奥运会，计 63 分，排名第 5。

女子参加了 2 届 11 人制世锦赛，获得 1 次冠军、1 次季军。参加了 14 届 7 人制世锦赛，获得 1 次冠军、3 次亚军、3 次季军，计 165 分，排名第 1。参加了 5 届世青赛，获得 1 次亚军，计 54 分，排名第 10。参加了 4 届奥运会，获得 1 次亚军、2 次季军，计 50 分，排名第 3。

6.1.12　罗马尼亚——每况愈下

罗马尼亚是开展手球运动早而且成绩好的国家之一，1936 年就参加了第 11 届奥运会的手球比赛，并获得第 5 名。

第二次世界大战后，罗马尼亚一直是手球强国，在手球教学、训练、科研、青少年培养、竞赛等方面有一套完整的体系。有广泛的群众基础，重视青少年的培养。20 世纪 60～70 年代初期，成绩突出，曾是世界手坛强国，夺得过 7 枚世界锦标赛金牌，其中男子 4 枚，女子 1 枚和女子青年 2 枚。罗马尼亚是惟一一个参加了女子所有世锦赛的国家，计 147 分，排名第 2。由于长期政治动荡，运动员大量流失，成绩每况愈下。近几年来，男子难以进入世锦赛和奥运会，女子参加奥运会的次数也很少。目前罗马尼亚只有女子青年队还能和世界顶尖队伍一拼。2001 年世锦赛之后，排名有所提高，由第 11 上升到第 8 位。

男子参加了 2 届 11 人制世锦赛，获得 1 次亚军。参加了 11 届 7 人制世锦赛，获得 4 次冠军、2 次亚军，计 129 分，排名第 4。参加了 6 届世青赛，计 44 分，排名第 11。参加了 6 届奥运会，获得 1 次亚军、3 次季军，计 72 分，排名第 3。

女子参加了 2 届 11 人制世锦赛，均获得冠军。参加了 15 届 7 人制世锦赛，获得 1 次冠军、1 次亚军，计 147 分，排名第 2。参加了 8 届世青赛，获得 2 次冠军、2 次季军，计 100 分，排名第 4。参加了 2 届奥运会，计 21 分，排名第 10。

6.1.13 捷克斯洛伐克——曾经辉煌

捷克斯洛伐克是开展手球很早的国家之一，1938 年，参加了首届 11 人制世锦赛，获得第 6 名。

捷克斯洛伐克也是手球强国之一，多次参加国际重大比赛，所取得的成绩是令人鼓舞的。20 世纪 50～60 年代，男子参加了 5 届世锦赛，均获得冠、亚、季军。女子参加了 3 届世锦赛，也获得冠军和季军。70 年代，水平开始逐渐下降。90 年代初期，捷克斯洛伐克分成捷克和斯洛伐克两个国家，他们分别参加世界比赛，但成绩不理想。

男子参加了 2 届 11 人制世锦赛，获得 1 次季军。参加了 12 届 7 人制世锦赛，获得 1 次冠军、2 次亚军、2 次季军，计 121 分。参加 8 届世青赛，获得 1 次季军，计 65 分。参加了 4 届奥运会，获得 1 次亚军，计 40 分。

女子参加了 1 届 11 人制世锦赛，获得季军。参加了 9 届 7 人制世锦赛，获得 1 次冠军、1 次亚军、1 次季军，计 105 分。参加了 4 届世青赛，计 32 分。参加了 2 届奥运会，计 22 分。

6.2 亚洲——稳中有升

现代手球于 20 世纪 30 年代初期从欧洲传入亚洲，60 年代才参与世界手坛赛事，目前手球运动开展比较广泛，亚手联现有 32 个会员协会。从国际手联总体排名来看，次于欧洲和非洲。亚洲人根据自身和对手的特点，探索出小、快、灵的"技巧型"打法，成为典型的亚洲流派。亚洲人为世界手球运动的发展作出了自己的贡献，但总体实力离欧洲国家还有很大的差距。

20 世纪 60～70 年代，日本是第一个参加 7 人制世界手球锦标赛的亚洲国家，但是从 80 年代起，日本竞技体育出现了严重滑坡，手球运动也是如此。由于中国、韩国相继崛起，打破了日本在亚洲一花独放的局面，形成亚洲的体育三强。

1982 年第 9 届亚运会，中国男子手球夺得亚运会首届手球比赛冠军。1984 年洛杉矶奥运会，韩国和中国女子手球队分别夺得奥运会的银牌和铜牌。在此期间，韩国是亚洲迅速崛起的生力军，特别是女子，1984～2000 年参加了 5 届奥运会手球比赛，获得 2 次冠军、2 次亚军、1 次第 4 名，共计 72 分，国际手联奥运会排名第 1。还获得 1995 年第 12 届世界锦标赛冠军。而且还几乎囊括了亚洲锦标赛、亚洲青年锦标赛、亚运会手球比赛的所有冠军。男子获得第 24 届奥运会手球比赛亚军，在亚洲也是绝对领先的。2001 年世界排名第 11，是亚洲惟一能在国际手联统计中排上队的国家。而中国和日本的成绩下滑。中、西亚手球运动发展迅速，从苏联解体出来的中亚国家的参与，使亚洲手球运动格局逐渐发生变化。从近几年的亚洲锦标赛、亚洲青年锦标赛和亚运会手球比赛的成绩来看，科威特的男子夺得 1995、2002 年 2 次亚洲锦标赛冠军，哈萨克斯坦的女子夺得 2002 年亚洲锦标赛冠军和亚运会银牌，名列亚洲前茅。

6.2.1 日本——亚洲手球运动的先驱

日本是第一个参加 7 人制手球世界锦标赛的非欧洲国家，是亚洲手球运动的先驱。从参与世界手坛重大赛事和亚洲系列手球比赛的成绩来看，20 世纪 60～70 年代，日本在亚洲独领风骚，80 年代开始，逐渐走下坡路，1985 年以后，男子未参加过世青赛，1988 年后，没有入选过奥运会手球决赛。女子只参加过 1976 年奥运会首届手球比赛。纵观亚洲锦标赛、亚洲青年锦标赛、亚运会手球比赛成绩，更加证明日本手球水平每况愈下。

男子参加了 7 届世界锦标赛，计 24 分，排名第 17。参加了 3 届世界青年锦标赛，计 10 分，排名第 28。参加了 4 届奥运会，计 23 分，排名第 16。

女子参加了 10 届世界锦标赛，计 47 分，排名第 11。参加了 11 届世界青年锦标赛，计 45 分，排名第 12。只参加了 1976 年奥运会首次女子比赛，获第 5 名，计 11 分，排名第 12。

日本参加了亚洲的所有比赛。

男子参加了 10 届亚洲锦标赛，获得第 1、2 届的冠军，第 3、4、5、6 届的亚军，第 7、9 届的季军，第 8 届第 4 名，第 10 届的第 6 名。参加了 8 届亚洲青年锦标赛，获得 1 次季军。

参加了 6 届亚运会，获得第 9、11、12 届的亚军，第 10、13 届的季军，第 14 届的第 4 名。

女子参加了 9 届亚洲锦标赛，获得第 8 届的亚军，第 1、2、3、5、6、7 届的季军，第 4、9 届的第 4 名。参加了 7 届亚洲青年锦标赛，获得第 1、2、5 届的第 4 名；3、4、6、7 届的季军。参加了 4 届亚运会，获得第 12 届的亚军，第 13 届的季军，第 14 届的第 4 名等。

6.2.2 韩国——亚洲的骄傲

韩国从 20 世纪 70 年代末开始参加世界手坛赛事，80 年代初就逐渐取代日本，成为亚洲强国，进入世界优秀行列。

韩国根据本国运动员身材矮小、灵活的特点，探索出小、快、灵"技巧型"的打法，成为亚洲流派的典型代表。从 20 世纪 80 年代以后，韩国在重大手球比赛中取得优异的成绩。女队在 1984 年洛杉矶奥运会夺得亚军后，决心在汉城奥运会上夺得冠军。经过几年的艰苦准备，形成新的 3：2：1、3：3 攻势防守和快速灵活、近身攻击的攻防战术，在 1988 年汉城奥运会上，战胜所有强队，夺得了冠军，而且男子也获得了亚军。1992 年，在巴塞罗那奥运会上，韩国女队蝉联冠军；1995 年又获得世锦赛冠军；1996 年，获得亚特兰大奥运会亚军。韩国女子几乎囊括了亚洲比赛的所有冠军，男子也占优势地位。2001 年世界排名由第 12 位上升到第 11 位。

男子从 1986 年以来，参加了 7 届世锦赛，计 30 分，排名第 15。参加了 5 届世青赛，计 20 分，排名第 16。参加了 4 届奥运会，获得第 24 届亚军，计 36 分，排名第 9。此外参加了 9 届亚锦赛，获得 6 次冠军、2 次亚军、1 次第 4 名。参加了 8

届亚青赛，获得 2 次冠军、1 次亚军、2 次季军。参加 6 届亚运会手球比赛，获得 5 次冠军、1 次季军。

女子从 1982 年以来，参加了 8 届世锦赛，获得 1 次冠军，计 62 分，排名第 8。参加了 11 届世青赛，获得 3 次亚军，2 次季军，3 次第 4 名，计 129 分，排名第 2。参加了 5 届奥运会，获得 2 次冠军、2 次亚军、1 次第 4 名，计 72 分，排名第 1。

此外，还参加了 9 届亚洲锦标赛，获得 8 次冠军、1 次亚军。囊括了亚洲青年锦标赛、亚运会手球比赛的所有冠军。

6.2.3 中国——女胜于男

20 世纪 30 年代，现代手球传入中国。在 1949 年以前，手球运动在中国鲜为人知。新中国的建立，给手球的发展创造了有利的条件，手球得到应有的发展并被列入全运会比赛项目。80 年代的发展更快，冲出了亚洲，走向了世界。女子获得第 23 届奥运会铜牌，男子获得第 9 届亚运会金牌，男子青年获得 1990 年亚洲青年锦标赛冠军，从而使亚洲手坛形成中、日、韩三强鼎立之势。中国队的打法属于典型的亚洲技巧型风格。

中国台北、香港、澳门三个地区也是国际手联会员协会，其中以中国台北青少年手球运动成绩比较好。

在中国手球协会支持下，由李之文教授主持开发的"图式手球竞赛技术统计系统"（PHMS），是国际手联规定使用的惟一软件，这是中国对世界手球运动作出的贡献。

由于中国的改革开放促进国民经济的发展，国力增强，加之北京申奥成功，各方面的支持和努力，手球运动将有新的发展。

6.2.3.1　现代手球运动在中国

20世纪30年代初期，由在德国学习体育专业的学子将现代手球带回中国。1949年以前，手球在中国鲜为人知，只有在南京中央大学体育系、南京国术体育专科学校和上海东亚体专的课程上有所介绍。

新中国的建立对手球运动的发展提供了有利条件。1955年，中国人民解放军军事体育学院、中央体育学院把手球列为必修球类课程之一。当时的教材是11人制手球，女生教材是7人制手球。

为推动中国手球运动的开展，1957年在北京举行了7单位11人制手球表演赛。1958年在上海举行了13单位的男、女11人制手球锦标赛。从此手球运动在全国开展起来。1959年在第1届全国运动会上，男、女11人制手球被列为正式比赛项目。为参加全运会比赛，各省、市、自治区及解放军先后成立了手球队，都举行了自下而上的选拔赛，当时参加比赛多达三十几支球队，手球运动受到广大青少年和人民解放军指战员的喜爱，在各地和部队中迅速推广。

1959～1960年，中国先后邀请了世界男子手球锦标赛冠军民主德国队、亚军罗马尼亚队来访。那时，虽然中国手球运动开展仅3年时间，广州部队队即以9∶8、安徽队以14∶12战胜了罗马尼亚队。

随着国际手球运动的发展变化，1963年以后，中国手球运动由11人制改为7人制。那时队伍虽少，但运动水平在亚洲处于领先地位。1964年"八一"队去苏联参加社会主义国家友军手球比赛，获第5名。1965年，中国邀请日本男子手球队来访，翌年，中国国家男队回访日本，两次比赛中国队均以 8 胜 1 负的优势取胜。

由于国家经济发生暂时困难和文化大革命的干扰，使中国手球运动中断 7 年，1973 年才开始恢复全国性的比赛。

自 1973 年后，中国每年都举行全国性比赛。进入 20 世纪 80 年代后，中国手球竞赛已逐步完善，每年有计划地举行全国锦标赛、全国青年锦标赛、全国中学生比赛、全国高校比赛，以及全国业余体校联赛等等。

中国手球运动员和教练员经过几年的努力拼搏，在重大的国际比赛中初露锋芒，取得了可喜的成绩。如：1979 年在南京举行的第 2 届亚洲男子手球锦标赛上，中国队仅负于日本队 2 分，获得第 2 名。中国女子青年队在 1981 年的第 3 届世界青年女子手球锦标赛预选赛中，战胜亚洲各强队取得决赛资格，并获得世界青年女子手球锦标赛第 6 名。1982 年第 9 届亚洲运动会，中国男子手球队打出风格、打出水平，战胜日本、韩国等队，获得可贵的一枚金牌。

1983 年 11 月，在日本函馆举行的奥运会手球预选赛上，中国女子手球队夺得第 1 名（作为亚洲、非洲、美洲地区的 1 个名额），为中国夺得首张进军第 23 届奥运会的入场券。并在 1984 年 9 月洛杉矶奥运会上获得铜牌，这是中国手球取得的最好成绩。

1988 年，在汉城奥运会上，中国女子手球队获得第 6 名。1996 年，在亚特兰大奥运会，她们又可喜地进了一步，获得第 5 名。

1990 年 8 月，在德黑兰举行的第二届亚洲青年锦标赛中，中国青年男队第一次战胜日本、韩国队，获得冠军，代表亚洲参加了世界青年锦标赛决赛。

由于手球运动在中国开展不够普及，没有形成广泛的群

图 5　获第 23 届奥运会女子手球铜牌的中国女子手球队

众基础，资金投入也比较少，缺乏雄厚的后备力量，整体实力不强。90 年代开始走下坡路。男子手球水平比较低，入选世界大赛机会很少，从未获得过参加奥运会手球比赛资格，在亚洲长期徘徊在 3～6 名之间。女子手球好于男子，世界排名在 13～18 名之间，在亚洲也只是居于 2～4 名之间，其前程任重道远。

　　中国手球协会于 1979 年成立，1980 年加入国际手球联合会。中国手协为发展中国的手球运动起了很大的作用。它为配合国家体育总局完成每年的国内和国际竞赛、组织国家队的集训工作；为提高我国手球教练员的理论和训练水平，教练和方法委员会经常举办教练员训练班，培养了一大批各级教练员；为适应日益增多的竞赛活动的需要和促进手球运动水平的提高，规则和裁判委员会经常举办裁判员学习班和等级考试。至 2001 年，共批准国家级裁判员 101 人。至 2002 年，共获批准国际级裁判员 13 人，洲际裁判员 4 人；为活跃学习风气，提高我国手球科研学术水平，促进科研为实践服务，科研委员会经常举办全国手球科研学术报告会、训练工作讨论会等学术活动。科委会为提高中国手球水平作了大量的工作。

6.2.3.2　比赛成绩与积分

男子参加了 2 届世锦赛，计 4 分，排名第 33。参加了 1 届世青赛，计 3 分，排名第 37。

女子参加了 7 届世锦赛，计 29 分，排名第 15。参加了 11 届世青赛，获得 3 次第 6 名，计 64 分，排名第 8。参加了 3 届奥运会，获得第 23 届季军、第 24 届第 6、第 26 届第 5 名，计 34 分，排名第 6。

男子参加了 8 届亚锦赛，获得 2 次亚军、2 次季军。参加了 7 届亚青赛，获得 1 次冠军。参加了 6 届亚运会，获得 1 次冠军、1 次亚军、1 次季军。

女子参加了 9 届亚锦赛，获得第 7 次亚军、1 次季军、1 次第 4 名。参加了 7 届亚青赛，获得 4 次亚军、2 次季军、1 次第 4 名。参加 4 届亚运会，获得 2 次亚军、2 次季军。

6.2.4　科威特——亚手联所在地

科威特是亚手联创建者之一，法赫德（Fahad）任主席，并为亚手联提供活动经费，对亚洲手球运动的开展作出了很大的贡献。

科威特以俱乐部的形式开展手球运动。国家队从俱乐部中选拔组成，聘请俄罗斯等欧洲国家教练执教，深受欧洲影响。其打法既有欧洲运动员身材高大魁梧、作风硬朗凶悍的特点，同时也具有亚洲快、巧、灵的特点。

在科威特，由于传统习俗的原因，没有开展女子手球运动。近年来，男子成绩突出，显示出较强的实力。

男子参加了 4 届世锦赛，计 8 分，排名第 24。参加了 3 届世青赛，计 9 分，排名第 30。参加了 2 届奥运会，计 8 分，排名第 24。

参加了 9 届亚锦赛，获得 2 次冠军、1 次亚军、4 次季军。参加了 7 届亚青赛，获得 1 次冠军、2 次亚军、1 次季军。参加了 4 届亚运会，获得 2 次亚军。

6.2.5　哈萨克斯坦——亚洲新军

哈萨克斯坦地处中亚，深受前苏联的影响，手球运动有坚实的基础。近 10 年来，经常参加亚洲手球赛事，女子手球成绩比较突出，有较强的实力，对中国和日本威胁比较大。

女子参加了 3 届亚锦赛，获得 2 次第 5 名，在 2002 年第 9 届亚锦赛上获得冠军。参加 3 届亚运会，获得 2 次第 4 名，在 2002 年第 14 届亚运会上获得亚军。男子在亚锦赛上的成绩也在不断提高。

6.3　非洲——走向成熟

非洲国家在 20 世纪 60 年代开展手球运动，70 年代初开始参加世界比赛，1977 年成立非洲手球联合会，90 年代比赛成绩有明显的进步，正在健康地向前发展，逐渐走向成熟。非洲手球联合会有 45 个会员协会，由于经济原因，经常开展手球运动的国家只有突尼斯、阿尔及利亚、埃及、摩洛哥、喀麦隆、科特迪瓦、安哥拉、尼日利亚、刚果民主共和国、塞内加尔、象牙海岸、刚果、加蓬等。其中埃及、突尼斯、阿尔及利亚水平比较高。2001 年世界锦标赛后，埃及世界排名第 10，突尼斯排名第 15。

非洲运动员的身体素质好，进攻速度快，打法硬朗，作风顽强，但技术粗糙、战术意识较差，缺乏大赛经验。他们积极主动的盯人攻势防守曾威胁欧洲手球传统国家，对国际手球的战术发展起了推动作用。

由于宗教信仰等原因，非洲国家开展女子手球运动的比较少，水平也较低。其中科特迪瓦、安哥拉是佼佼者。1997年，在德国举行的第 13 届女子手球世锦赛，历史上第一次有 1 支非洲国家手球队——科特迪瓦能够在小组赛中出线进入第二阶段的比赛。这一点让非洲人对 21 世纪手球的发展充满了信心。

6.3.1　埃及——手坛黑马

埃及是一个文明古国，是非洲开展手球运动比较早、成绩比较好的国家之一。20 世纪 80 年代就开始参加手球世青赛，非常重视对青少年的培养，成绩不断提高，曾夺得过 1993 年第 9 届世青赛的冠军和第 12 届的季军。90 年代，他们冲破传统打法，进步很快，跻身于男子世锦赛和奥运会手球比赛时，给欧洲老牌军很大威胁，成为当今手坛一匹黑马。2000、2001 两年国际手联排名都是第 10。

埃及所取得的成绩与现任国际手联主席——哈桑·穆斯塔法博士（Dr. Hassan Moustafa）有着密切的关系。他是埃及人，曾担任过两届国际手联（IHF）训练和计划委员会成员，在此之前，又曾是埃及一名著名的国手、国家级教练和国际级裁判员。

男子参加了 5 届世锦赛，成绩逐渐上升，获得第 14、15 届的第 6 名，第 17 届的第 4 名，计 45 分，排名第 13。参加了9届世青赛，获得第9届的冠军，第12届的季军，第10、11届的第6名，计69分，排名第7。参加了3届奥运会，获得第26届的第6名，计24分，排名第15。

6.3.2　突尼斯——非洲参赛最早的国家

突尼斯是非洲开展手球运动较早的国家之一，1972年就参加奥运会首次7人制手球比赛，是非洲最早参加重要手球比赛的国家。男女都开展手球运动，成绩也比较好。运动员身体素质好，进攻速度快，打法硬朗有创意，作风顽强，但缺乏比赛经验。2001年国际手联排名第15。

男子参加了4届世锦赛，计16分，排名第21。参加了3届世青赛，计17分，排名第19。参加了2届奥运会，计9分，排名第22。

女子参加了2届世锦赛，计6分，排名第30。参加了1届世青赛，计3分，排名第39。

6.3.3　阿尔及利亚——非洲的希望

阿尔及利亚是非洲开展手球运动较早的国家之一，20世纪80年代开始参加世界大赛。男女都开展手球运动，成绩也比较好。运动员身体素质好，打法粗犷泼辣，进攻速度快，多采用人盯人攻击性防守，但缺乏比赛经验。多次参加重大比赛，进步也比较快。

男子参加了7届世锦赛，计20分，排名第19。参加了4届世青赛，计14分，排名第21。参加了4届奥运会，计22分，排名第17。

女子参加了1届世锦赛，计2分，排名第34。参加了2届世青赛，计7分，排名第32。

6.4　美洲——厚实的体育文化底蕴

　　20 世纪 30 年代，美洲就开展手球运动，1936 年，美国就参加了第 11 届奥运会的首次手球比赛，获得第 6 名。

　　美洲的经济实力雄厚，开展的运动项目众多，有广泛的体育基础。南美和加勒比的足球、北美的篮球和棒球，在世界上都享有盛名。只不过是人们对手球项目不太注意，一旦要参加世界性的比赛，往往稍加准备，就去参赛。因为美洲有丰厚的体育文化底蕴，有坚实的足球、篮球的技、战术基础，球类意识强，运动员又有很好的体能和身体素质。但是，临时组队，毕竟集训时间短，技战术训练不扎实，整体配合不够默契，又不了解对手，因此美洲的手球在世界上没有突出的表现。

　　开展手球的国家有：阿根廷、巴西、格陵兰、美国、智利、巴拉圭、墨西哥、哥伦比亚、古巴等。其中美国、古巴、巴西成绩比较好。

6.4.1　美国——只重视奥运

　　美国是美洲开展手球最早的国家之一，1936 年就参加了奥运会首次手球比赛。但没有专门的手球运动队，也没有青少年的培养体系，只参加过 1～2 次世青赛，对世锦赛和世青赛不感兴趣，对奥运会却很重视，奥运会手球比赛成绩排在比较前面的位置。

　　男子参加了 1 届 11 人制手球世锦赛，获第 8 名。参加了 3 届 7 人制比赛，计 5 分，排名第 29。参加了 6 届奥运会，获得第 11 届的第 6 名，计 37 分，排名第 8。

　　女子参加了 5 届世锦赛，计 19 分，排名第 16。参加了 2

届世青赛，计 9 分，排名第 30。参加了 4 届奥运会，计 38 分，排名第 5。

6.4.2　古巴——凶悍著称

古巴是美洲开展手球运动比较早和开展得比较好的国家之一，打法灵活勇猛，以凶悍著称。

男子参加了 6 届世锦赛，计 23 分，排名第 18。参加了 2 届奥运会，计 10 分，排名第 20。

女子只参加了 1 届世锦赛，计 1 分，排名第 38。

6.5　大洋洲——积极参与

大洋洲政治稳定，经济发达，广泛地开展各种体育运动，体育人口众多。游泳、帆船、田径开展比较普遍，但手球也是一项不被人们关注的项目。

开展手球运动的有：澳大利亚、雅鲁阿图、库克群岛等。

6.5.1　澳大利亚——大洋洲的代表

澳大利亚是大洋洲的代表，因是第 27 届奥运会举办地，所以男、女双双组队参赛。

男子参加了 1 届世锦赛，计 1 分，排名第 40。参加了 1 届奥运会，计 4 分，排名第 27。

女子参加了 1 届世锦赛，计 1 分，排名第 37。参加了 1 届奥运会，计 6 分，排名第 20。

注：本文所引用的数据和世界排名是根据国际手联 2001 年所有赛事结束后的统计数据。

排名分男、女世界锦标赛、世界青年锦标赛、奥运会手球比赛 6 项。每项将所举行的届次、每队每次参加比赛的名次得分相加之和排序，分数多者排名列前。其评定标准是：1～12 名的得分依次为 16、14、13、12 直至 4 分，13～16 名得 3 分，17～20 名得 2 分，21～24 名得 1 分。

国际手联总体排名是根据最新的男、女世界锦标赛、世界青年锦标赛、奥运会手球比赛 6 项名次得分相加之和排序，分数多者排名列前。

7. 中国"手球软件"——国际标准

中国手球水平不高，中国的计算机软件业在世界上也并非处于先进水平，但国际手联却规定在世界级手球比赛中，必须采用中国的"图式手球竞赛技术统计系统"。其"系统"中的图式数据输出符合球类项目习惯。该"系统"是在国际体育组织中应用的第一个由中国研制的系统。

7.1 PHMS 的研制

PHMS 系统是在中国手球协会支持下，由解放军体育学院教授、中国手球协会裁判委员会副主席李之文主持开发的。全称为图式手球竞赛技术统计系统。系统的英文名为：《Pictorial Handball Match Statistics》，缩写名称：PHMS。

以往的技术统计，多以手工操作为主，进入计算机时代后，又以传统的代码录入技术为主流，使技术统计工作繁重单调，输出结果枯燥无味，与体育运动丰富多彩的内涵相去甚远。

为改变国际及国内球类竞赛技术统计工作的落后状况，在认真总结我国 1989～1993 年统计系统研制经验，深入研究分析巴林、日本、美国和埃及等国同类系统的基础上，1995 年底，李之文提出了计算机图形方式进行统计操作的思想，并于1996 年初在国家体委立项。

课题组从 1996 年开始研制，经 4 年半的研究，系统承担了亚洲青年锦标赛、多次全国锦标赛、第 8 届全运会和世界青年女子锦标赛的竞赛任务，经受了实践检验。研究结果为一套名为《图式手球竞赛技术统计系统》的软件和与之相配套的中英文《操作指南》手册。

系统于 1998 年 6 月通过国家体育总局科教司的鉴定，被鉴定组确认为"在同类系统中处于国际领先水平"。

1999 年 8 月，世界青年女子锦标赛在中国举行期间，《图式手球竞赛技术统计系统》在现场数据采集和网上数据传输的出色表现，引起了国际手联官员的注意。比赛期间，手联的技术专家对系统进行了初步考察并给予了很高的评价。随后，国际手联作出了《图式手球竞赛技术统计系统》参加手联正式系统竞选评审的决定。

7.2　竞标大会显锋芒

当时，世界上许多国家都研制了自己的手球技术统计系统，有几个国家或公司的系统处于比较先进的水平。国际手球联合会的手球比赛一般都是采用东道国的系统来完成比赛的信息收集和统计工作的。但除了语言上的问题外，还总是有一些问题没能找到行之有效的解决办法。如：数据输入输出的操作难度和速度、数据的类型与格式、数据的数量与操作人数、所需设备的价格和使用性能等等。为了统一标准，国际手联决定在 2000 年 5 月进行一次公开的竞标大会，让世界上最好的系统到国际手联总部进行亮相竞争，然后选定一套最优秀的系统在今后的国际比赛中作为统一标准使用。

在众多的同类系统中，国际手联选出了比较满意的三个。

除了中国手协以外，还有德国、瑞典手协开发的系统。

这三套系统各具特点。德国的系统是由他们的一家主要开发银行财务系统的软件公司同德国手协合作完成的，需要自带的软件平台才能运行；而瑞典设计的一套系统则要许多人同时操作才能发挥作用。与竞争对手相比，中国自行开发的这套软件优势显得更突出，它不需要独立的运行平台（这是一套基于微软 WINDOWS 系统的软件），只要安装了 WINDOWS 系统的计算机就可以使用，而且，人机交流口又比较友好，基本上只要一个人在一台计算机上进行图形方式的操作就能实现所有功能，使用十分方便。

2000 年 5 月，竞标大会在国际手联总部所在地——瑞士的巴塞尔举行。5 月 16 日，三套软件的代表先后进行了陈述（答辩是分别闭门进行的，每个系统是三个小时的答辩）。由于中国的这套软件的使用非常简便，所以陈述的时间很短，却引起与会者的兴趣。当晚就通过了国际手球联合会专家组评估，6 月 30 日经手联理事会批准，正式成为国际手联的标准系统。从 2001 年起应用于手球所有世界级大赛。

7.3 PHMS 的特点

与其他系统相比，中国系统具有鲜明的特点：

符合手球项目特点，操作简单，采集数据量大，纠错能力强，有支持电视直播和向互联网实时传送数据功能，而且非常经济。

7.3.1 符合项目特点

PHMS 的现场操作、输出的数据模式、内容和语言等方面都符合项目特点和要求。PHMS 既可输出数据表，还可以输出图形结果，非常符合教练平时统计的习惯，内容和语言专家也很熟悉。

7.3.2 操作简单

人机界面生动、直观、友好，懂得手球运动，平时会点儿电脑操作的人，上来就可以使用。全部的现场操作都是在屏幕上一个手球场上用鼠标点击完成记录，非常容易掌握。

7.3.3 采集数据量大

独创直观反映竞赛技术信息的图式统计结果，可输出 50 种分析角度不同的报告。

7.3.4 纠错能力强

特强纠错功能。每条信息由多个内容组合而成，现场纠错时，无须先删除，后录入内容会自动覆盖原先录入的同类内容，这种覆盖可以多次重复，不干扰非同类内容。

7.3.5 与现代通信技术的结合

有支持电视直播和通过互联网进行数据传送的功能。每次比赛后，在每个赛区都可以同时看到 PHMS 提供的其他赛区的非常具体的资料。

7.3.6 经济性

PHMS 系统与正常软件无异，安装后即可使用。不需要特别的硬件。操作只需一人，同时有一人协助。但一场比赛下来可以记录比赛双方 200～280 条记录，合计 2000～2800 个数据。投入与产出的比较非常合算。

7.4 PHMS 研制成功的意义

　　PHMS 的研制成功，改变了传统的手球竞赛技术统计工作上以代码录入为代表的计算机统计思想和统计方式，节省了大量人力物力和避免了重复研制工作的浪费。

　　PHMS 被国际手联认可，成为手联的正式系统，使比赛有了统一的统计数据格式，建立一个统一的历史数据库，有利于各国手球人士利用这些大赛的数据。

　　PHMS 提供的技术信息质量与数量远优于以往同类系统，可为提高球队的训练质量提供有意义的可靠参考数据。

　　PHMS 的设计思想，将会对其他对抗性球类竞赛技术统计手段和理论产生影响。

8. 手球组织机构

8.1 国际手球联合会

"国际手球联合会"简称"国际手联"（International Handball Federation——IHF），是领导开展手球运动的权力机构，是国际奥委会承认的国际单项体育组织，也是国际体育联合会总会成员。国际手联标志见图6。

国际手联的任务是：领导、发展和提高全世界的手球运动；保证对手球运动的监督；负责组织大型的国际手球比赛，如世界锦标赛、奥运会手球比赛、世界青年锦标赛等；审查和批准比赛规则；保证手联的规定在所有国际比赛中得到遵守；公平竞赛，禁止任何不公平竞争的企图；重视禁止使用违禁药物；帮助各国手球运动的发展，协

图6 国际手联标志

调各国手球协会之间的联系；发展新会员；培养教练员和裁判员；培养青少年手球运动员；无种族、信仰和政治倾向方面的歧视，为发展和加强全世界运动员友谊和相互之间的理解，为

维护体育存在的最重要条件——和平作出贡献。

国际手球联合会成立于 1946 年。现总部设在瑞士的巴塞尔（Basle）。根据国际手联 2002 年统计，拥有 147 个协会会员，有男、女手球队 154,655 个，运动员 6,280,658 人。

正式工作语言为德语、英语和法语。

国际手联的第一部章程是在 1946 年代表大会上通过的。章程每 4 年修改一次。

现任主席是哈桑·穆斯塔法博士（Dr. Hassan Moustafa，埃及人）。

国际手联最高机构为手联代表大会。理事会、执行委员会和专业委员会组成国际手联的执行机构。秘书处为国际手联的行政机构。监督部门和国际手联的审计员应控制财政事务。国际手联的仲裁庭是国际手联的最高法律权威机构（图 7）。

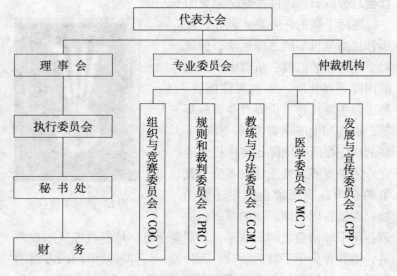

图 7　国际手联组织机构

8.2　亚洲手球联合会

"亚洲手球联合会"简称"亚手联"（Asian Handball Federation——AHF）。总部设在科威特。亚洲手球联合会标志见图 8。

图 8　亚洲手球联合会标志

1974 年 9 月第 7 届亚运会期间，由科威特发起，巴基斯坦、伊拉克、印度、巴林、朝鲜和中国共同商议成立亚手联，推选了科威特奥委会主席法赫德为临时主席，巴基斯坦的哈桑为临时秘书长。

1976 年 1 月 12～14 日举行亚手联成立大会。参加国有：中国、朝鲜、科威特、巴基斯坦、巴林、阿富汗、巴勒斯坦、沙特阿拉伯、阿联酋、约旦、伊拉克、叙利亚、印度和韩国。

大会选出法赫德（科威特）为主席，哈桑（巴勒斯坦）为秘书长，中国的夏朗当选副主席。

根据 2002 年国际手联统计，亚手联现有会员协会 32 个。亚手联的宗旨是：促进亚洲手球的开展，增进亚洲手球界之间的友谊；按国际手联的规定、规则，组织亚洲地区的手球比赛。

亚手联的组织机构见图 9。

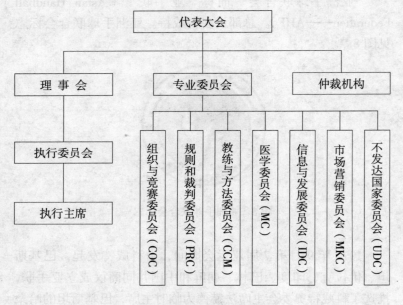

图 9 亚手联的组织机构

8.3 中国手球协会

"中华人民共和国手球协会"简称"中国手协"（Chinese Handball Association—CHA），成立于 1979 年 9 月 17 日，总部设在北京。中国手球协会标志见图 10。

中国手协是中华全国体育总会所属的全国性的群众体育组织。

图10　中国手球协会标志

中国手协的宗旨：按照国家有关体育的方针、政策、规定，团结和依靠全国手球运动工作者和爱好者，积极发展手球事业，努力提高运动技术水平，攀登体育高峰，为国争光。同时推动手球运动的普及，为增强人民体质，丰富群众健康向上的文化体育生活，为两个文明建设服务。

中国手协的任务是：按照国家体育行政机关和国际体育组织相关的规定，依法管理全国手球运动，研究制定实施项目的发展规划和管理条例；研究制定本项目的竞赛制度、竞赛规程、竞赛规则和裁判法，组织全国性竞赛、活动，主办或承办国际性各类比赛、活动；组织实施国家体育总局制定的本项目教练员、裁判员、运动员技术等级制度，并依法对教练员、裁判员、运动员进行资格审查登记、注册管理；举办全国手球运动教练员、裁判员、运动员、科研人员的培训、考核、交流，促进其思想、业务素质的提高，选派优秀的相关人员参加各种国际活动；完善手球训练、教学、科研体制和梯队建设，促进手球运动技术水平的提高；宣传和普及手球运动，推动大、中、小学群众性手球运动的开展；指导和支持各地方手球运动协会、俱乐部的工作和活动；发展体育事业，依法经营，拓宽经费来源，促进事业发展。

中国手协的最高权力机构为全国会员代表大会，全国会员代表大会由各团体会员和有关部门推选代表参加。每 5 年召开一次，必要时可提前或延期举行。

协会日常工作实行执行委员会领导下的秘书长负责制。

1980 年 8 月 15 日，国际手联接纳中华人民共和国手协为国际手联的正式会员。

技、战术与训练

9. 手球技术

手球技术由进攻、防守和守门员技术三部分组成。它包括进攻中的移动、传接球、运球、突破、射门；防守中的封球、打球、抢球、断球；守门员的移动、挡球、掷球等。

手球技术是手球战术的基础。运动员必须掌握一定数量和质量的技术动作，才能实现战术意图和战术配合。只有技术掌握得扎实、熟练、全面、先进，才能保证战术的多变性和高质量。

由于手球比赛是攻防快速反复交替进行的，所以，各种技术的运用都是相互联系、相互制约、相互促进的。

9.1　手球技术的发展趋势

9.1.1　个人技术日趋全面

手球运动的技术动作本身就全面多样，既有篮球传、接、运、转、停、切、突等动作，又有足球的鱼跃、倒地、滚动、射门（不是用脚，而是用手）等动作，以及守门员的跨、跳、劈、挡、掷等动作技术。手球场地比篮球场大、比足球场小，攻防转换变化快，每个位置都有各自的分工及技术特点。随着手球运动的发展，攻防技术越来越一体化，对每位运动员的要求也越来越高。为适应手球运动发展的需要，必须全面掌握多种技术动作，做到技术动作多样化，能攻善守，机智灵活，这是取胜的必备条件。只有在全面发展的基础上练就自己的特长和绝招，才能在比赛中起到威慑对方的作用。

9.1.2　技术动作不断创新

手球比赛攻防速度加快，争夺更加激烈。为适应激烈争夺的比赛环境，充分发挥技术水平，运动员必须提高完成单个技术动作的速度、技术动作之间的衔接和在快速奔跑中完成技术动作等方面的能力，速度是比赛取胜的重要因素。争取空间优势同样也是比赛取胜的重要因素，掌握向空间发展的技术动作，如：跳起超手射门、把球吊入球门区上空由同伴跃入空中射门的快板球等，令守方防不胜防。

进攻和防守是对立的又是互相促进的统一体。进攻技术发展，对防守造成的威胁越大，也促使防守技术的发展。防守技术的发展，反过来又推动进攻技术的发展。

手球比赛允许合理的身体接触，利用规则产生了1对1的紧贴式的攻击性的防守技术。队员的反应速度、起动速度、盯住对手、拦截、阻挡、封、断、抢、打防守技术能力的不断提高，是阻挠对手进攻的有效手段。

由于有位置分工，存在着位置技术，运动员在全面多样技术的基础上，发展具有精湛的位置技术，形成人无我有，人有我新的"绝招"，才能掌握主动、克敌制胜。

9.1.3　技术和意识紧密结合

一名优秀的运动员，比赛不仅靠技术，还要靠头脑和智慧。运动员对比赛中攻防规律的认识和把握，并根据临场变化而适时地采取正确、合理、有效的行动是取得比赛胜利的保证。一名手球意识强的运动员，往往是一支球队的核心、支柱和灵魂，在关键时刻能临危不惧、稳定局面，寻找进攻的机会，带动全队团结一致，努力拼搏，起到组织者和指挥者的作用。

9.1.4　即兴发挥更显重要

比赛情景千变万化，完成动作受对手和同伴的制约，特别是双方势均力敌、反复对峙时，运动员机智灵活即兴发挥更显重要。

随着手球运动的发展，运动员的即兴技术将会用得越来越广泛、水平越来越高、魅力越来越大。它要求运动员必须具有全面而娴熟的技术、良好的意识、敢于冒险的精神、机智冷静的头脑、快速的应变能力，而且均要在一刹那的时间内表现出来。

9.2　手球实战技术

手球实战技术可分进攻技术、防守技术和守门员技术三大部分（图11）。

9.2.1　进攻技术

9.2.1.1　灵活的移动技术

移动是改变人体位置、姿势、方向和速度的方法，是队员在比赛中应用最多的一项基本技术，它对掌握与运用各种进攻、防守技术都有密切关系。比赛中，运用各种移动技术的实

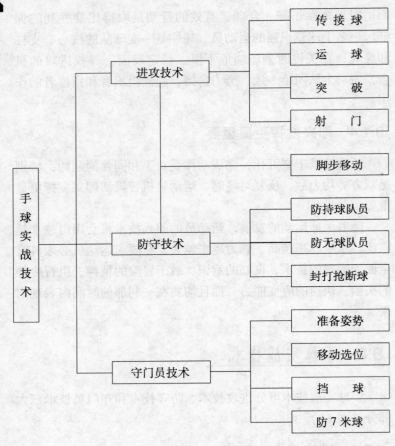

图 11 手球技术分类

质就是为了争取时间和空间的主动，占据有利的进攻和防守位置。移动分为进攻移动、防守移动、守门员移动三类。移动技术动作有：走、跑、跳、滑、跨、切、交叉、撤步、转体、急停、鱼跃倒地等。

不论是何种移动都可分为准备姿势、起动、移动和制动四个阶段。四个阶段是一个连续的过程。

例如鱼跃倒地。以向左鱼跃倒地为例：两脚平行站立，屈膝较大，身体重心放在两脚前脚掌之间；在降身体重心的同时，右脚前脚掌内侧向右蹬地，使身体重心快速向左移出体外；左膝关节积极前跪，使身体部位再度降低；伴随身体重心的下降，上体积极向侧倾，使左肩始终保持在支撑点和身体重心连线的延长线上；在左膝接近地面，尽量缩小蹬地角的情况下左脚积极蹬地，力量由下向上传递；用力蹬直左腿，推动身体重心向前，同时背肌用力，展腹出背弓，跃在空中；完成动作后，利用俯撑缓冲或滚翻缓冲的方式落地。

9.2.1.2 巧妙的传接球技术

传接球是手球比赛中，队员有目的地转移球的方法。是一项运用最多的基础技术，直接影响其他技术的发挥。传接球技术的好坏，是一个队水平高低的重要标志，是能否取胜的重要条件之一。

9.2.1.2.1 传球

进攻中的射门机会大都是按照一定的战术方法，通过准确的传球而取得的。在战术中运用传球技术还可以达到声东击西，打乱对方防御部署，完成全队进攻的目的。在攻守双方的激烈对抗中，为了避免对手的抢断，要求做到传球快速、准确、隐蔽、多变，利用巧妙、熟练的连续传球攻破对方防线。

常用的传球方法有：原地单手肩上传球、跑动单手肩上传球和甩传，以及背后、头后、反弹等传球。随着技术的发展，双手传球越来越少。

- 原地单手肩上传球（均以右手为例，图12）

在阵地进攻中，无论是近距离的传递配合，还是中距离的快速转移，特别是远距离的长传快攻，基本上都是采用原地单手肩上传球。传球的动作结构和发力是所有传球方法的基础，其特点是能充分运用全身的力量。

传球时，右手直接将球引至右肩的后上方，随着引球，身体重心移到右脚上，右腿稍屈曲，接着蹬地、转体、挥臂、甩压腕将球传出。

原地单手肩上传球如结合采用垫步、交叉步、跳起等脚步动作，即可形成垫步单手肩上传球、交叉步单手肩上传球、跳起单手肩上传球。

图12　原地单手肩上传球

- 跑动单手肩上传球（图13）

图13　跑动单手肩上传球

跑动单手肩上传球是快速推进中转移球时的主要传球方法。是手球运动中一个特有的传球技术。其动作特点是：从引球到球出手是在跑动中（连续三步）完成的。因此，它不影响进攻速度。在比赛中运用很广泛。

　　●单手甩腕传球（甩传）（图14）

　　它有快速、隐蔽、易于变换方向和衔接其他动作的特点。向邻近同伴快速分球时多使用甩传。甩腕传球时的动作关键在于前臂和手腕的甩、挑要快速有力。

图14　单手甩腕传球（甩传）

　　●单手背后传球（图15）

　　这是一种隐蔽性较大的传球方法。在近距离传球配合时使用较多。外线队员常结合体侧射门或低手射门等假动作，用单手背后传球将球传给内线队员进攻射门。

图15　单手背后传球

● 单手头后传球（图16）

这是战术配合中，外线队员向内线传球时采用的一种方法。适用于近距离传球。

掌心对准传球方向，屈肘、扣腕、用手指拨球。

图16 单手头后传球

● 单手反弹传球

这是使球通过地面反弹到同伴手中的一种传球方法。一般在外线队员传给内线同伴时采用。由于球是通过地面的反弹进行传递，所以能有效地避开防守的断截，尤其在对付高大防守队员时运用效果较好。

9.2.1.2.2 接球

接球和传球是同等重要的一项基本技术，它和传球是相辅相成的，好的传球和好的接球结合起来，才能取得好的传接球效果。只有接好球才能进行传球、射门和突破等进攻动作。手球运动往往由于传球的力量大，球体小，飞行速度快，接起来比较困难，因此强调用双手接球。只有在来球离身体较远时，才采用单手接球。根据来球的高度不同，可分为接平球（腰腹高度球）、接高球（高于头部的球）、接低球（膝部高的球）、接反弹球和接地滚球等。无论是单、双手接球，手型必须成半球状，接球时迎球、引臂缓冲。

9.2.1.3 运球前后三步技术

持球队员在原地或移动中用手连续拍按并借助地面反弹起来的球叫运球。运球是手球基本技术之一。与突破、射门、传球及假动作等有着密切的联系。运球一般在快攻反击时经常采用。在阵地进攻中，为了缩短与球门的距离时、同伴被对手盯住而无法传球时、持球突破对手时、调整进攻位置和组织战术配合时都需采用运球技术。

手球运动在运球前和运球后均可迈（或跑）三步，所以当必须用运球进行直接攻击或连接其他技术动作时，应及时地应用运球技术，发挥运球前后三步的作用。运球技术包括：直线运球和变向运球两种。

● 直线运球

是在抢断球或接长传球后，个人快速推进时采用的一种方法。

● 变向运球

是当对手堵截运球路线时，改变运球方向借以摆脱对手的一种运球方法。

9.2.1.4 突破技术

持球队员灵活地运用脚步动作或结合运球快速超越对手的一项攻击性很强的技术。是个人进攻的重要手段之一。比赛中，成功地突破防守可在局部地区造成以多攻少的局面，在很多情况下，突破以后可以直接射门。因此，熟练地运用突破技术，增加个人的攻击能力，能打乱对方防守的布局，为同伴创造良好的射门机会。

手球运动允许持球走三步，而且没有中枢轴的限制。如果能够充分利用前三步（指运球前）和后三步（指运球后），并结合灵活多样的步法和各种巧妙的假动作，就能达到突破对手的目的。

突破分为徒手突破、持球突破和运球突破三种。无论采用哪种技术，突破时都应果断、快速、突然、保护好球。

9.2.1.4.1 徒手突破

徒手突破是指不持球的进攻队员突破对方防守的方法。徒手突破是为了达到接球或接球后射门的目的。

徒手摆脱时，主要运用各种脚部动作改变速度或方向，并利用转身、假动作摆脱和突破对方的防守。在移动中可以利用速度快慢的改变和跑动方向的突然变化，使防守者应变不及，从而达到摆脱和突破的目的。

徒手突破可分变速突破、变向跑突破和转身突破三种。利用变速、变向是突破外线防守队员的主要方法；转身突破则是内线队员应用最多的突破方法。

9.2.1.4.2 持球突破

由于手球没有中枢脚的限制，故可以合理和灵活地运用持球走三步的规定。持球突破即持球快速蹬跨三步从防守者身边切过。是个人攻击得分的重要手段之一。为了加快突破的速度，身体前倾角度不要过大，侧压肩动作要小，三步跑动要快，特别应注意保护球。在最后一步着地的同时引球，并迅速进行射门（图17）。

图 17　持球突破

持球突破与假动作结合运用，其效果更好，以身体的虚晃，脚步和球的变化，诱使防守者产生错觉，可以获得良好的突破机会。

持球突破技术包括：同侧突破、异侧突破、跳步突破等。

9.2.1.4.3　运球突破

手球比赛中，由于球体小不易控制和防守动作幅度大，所以，一般情况下不宜采用运球突破的方法。只有当持球队员所处的位置距离球门较远而需突破后继续运球前进，或有利于应用运球技术超越对手时，采用运球突破（图18）。

图 18　运球突破

9.2.1.5　立体多维的射门技术

射门是手球运动的最重要、最关键的进攻技术，是组成战术的重要环节，是得分的惟一手段。一切进攻技术和战术运用的最终目的，都是为了创造良好的射门机会，射中得分。

手球比赛是以进球数的多少决定胜负的，进球的多少直接取决于射门的水平。一个队射门能力的强弱是该队水平高低的重要标志，也是一个队比赛胜负的关键。

射门不仅是手球运动最重要、最关键的进攻技术，而且是手球比赛最精彩、最富观赏的技术，也是最难掌握的技术。

9.2.1.5.1　射门技术分析

射门技术动作基本上包括：助跑、支撑、射门、落地缓冲
4 个环节。这 4 个环节是连续的，一气呵成的。

• 助跑

射门前的助跑是整个射门动作过程中的一个重要环节。快
速正确的助跑，不仅可以使身体获得更大的水平速度，提高蹬
地的反作用力，提高跳起的高度和远度，达到提高球速和力量
的目的，而且可以借助助跑及时地抢占有利的空间位置，取得
进攻的主动权。

根据手球运动的特点，射门前的助跑路线多是直线、斜
线、弧线三种（图 19）。助跑又常常是以一步、两步、三步的
助跑节奏。

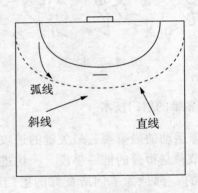

图 19　助跑路线图

直线助跑：多用在快攻中射门的助跑、直切和外围支撑、
跳起射门中的助跑。助跑的方向和射门的方向是一致的。

斜线助跑：多用在外围交叉配合中的向上跳起和冷射中的
斜向助跑。助跑的方向和射门的方向有一定的角度。

弧线助跑：多用在小角度队员向外包打和外围队员包打射门中的助跑。助跑的方向与射门的方向角度较大，而且是弧线。由于是弧线助跑，跑动中要求身体向内倾斜一些，加强两腿向内蹬地的力量。

• 支撑起跳

支撑起跳是同助跑紧密衔接的射门技术的又一重要环节。为了选择良好的射门时机，争取射门的空间，避开防守和尽量缩短射门距离，在快速助跑的基础上及时地支撑起跳射门。

支撑是支撑射门动作技术的关键。如：原地、跑动、垫步、交叉步、鱼跃倒地射门中，都需要明显的支撑过程，才能使蹬地的反作用力产生更大扭力，增大射门的力量和提高球速。

起跳分为单脚起跳和双脚起跳。一般采用单脚起跳为多。根据起跳的方向不同，又可分为向上起跳、向侧起跳和向前起跳。

支撑起跳的技巧：支撑脚要积极着地，脚尖稍向内扣，膝关节微屈，起到强有力的支撑作用；起跳时根据自己的意图调节身体重心位置；助跑、支撑和起跳动作要连贯协调。

• 射门

射门是整个动作最关键的一环。射门动作是由引球、发力、出手组成的，它和助跑、支撑跳起紧密相连，往往是在支撑起跳的同时就开始引球。

引球：引球一是为了选择出球点，二是积极地向后拉长胸部和臂部用力的肌肉和韧带，使之能在射门时更快地挥臂用力，发挥最大的力量。

射门时的引球动作主要有两种：直线引球和弧线引球。
直线引球是从体前或体侧的持球部位，直接向后引球的方法。它的特点是动作幅度小、突然、快速。多用于支撑射门中引球和突破防线后向前跳进射门中的引球。

弧线引球是从体前或体侧的持球部位，经下向后、向上绕环划弧的引球方法。它的特点是动作幅度大，能充分拉长用力部位的肌肉，协调配合全身动作，合理提高角速度，发挥出全身力量。弧线引球多用于外围队员的向上跳起射门。

发力和出手：通过助跑、支撑、起跳和引球动作，为射门的发力和出手动作做好了准备。发力是自下而上的依次发力过程，速度逐渐加快，形成蹬、转、挥甩的鞭打动作，通过手指的屈腕用力将球射出。整个发力和出手动作全身必须协调用力，才能最有效地发挥全身力量。

• 落地缓冲

射门出手后，由于快速的助跑和射门时的用力，身体有很大的前冲惯性，必须通过正常的缓冲动作使身体起到制动的作用，以避免伤害事故。由于射门的方式不同，也有不同的缓冲动作。

支撑射门的上步缓冲动作：射门后，身体重心继续向前移，蹬地脚向前跨出一步，落地时屈膝收髋以缓冲。跑动射门、垫步射门和交叉步射门都采用此种缓冲动作。

跳起射门的缓冲动作：跳起射门后身体下落时，一般都是用起跳脚先着地，随即摆动腿的脚向前一步着地，屈膝缓冲，保持平衡。

倒地射门的缓冲动作：倒地射门是难度比较大的射门技术。由于倒地射门时前冲力比较大，又失去了身体的正常平衡，所以倒地射门的缓冲动作也比较复杂，根据不同的倒地方式，缓冲动作有三种基本形式：

俯撑式缓冲动作：倒地射门后，利用先手掌着地，随即屈臂成俯撑的方式来缓冲身体的重力（图20）。此种缓冲动作可用于各种倒地射门。

图20　俯撑式落地缓冲

　　滚动式的缓冲动作：倒地射门后，借助转体挥臂射门动作的惯性，利用身体的滚动动作来完成缓冲（图21）。滚动缓冲的方式一般有两种：一种是团身侧滚——射门后，利用先投掷臂前臂外侧，经上臂外侧、肩、背的着地顺序团身侧滚，起到缓冲的作用。另一种是直体横滚——射门后，两臂屈肘抱于胸前，全身紧张地横滚缓冲。直体横滚缓冲动作，多用于侧倒和鱼跃倒地射门。

图21　滚动式落地缓冲

滑动式缓冲动作：当倒地射门前冲力很大时，可先用两手着地，随即屈臂、抬头、挺胸、两脚上抬，身体呈背弓型，使胸腹紧贴地面向前滑动（图22）。

图 22　滑动式落地缓冲

9.2.1.5.2　射门方法

常用的射门方法有原地射门、跑动射门、跳起射门和倒地射门。

9.2.1.5.2.1　原地射门

原地射门多在阵地进攻中的防线前和防线内以及罚7米球时采用的射门方法。

● 原地单手肩上射门

原地单手肩上射门是手球运动最基本的射门方法。方法同原地肩上传球，只是为了加大出球的力量，射门时随着右脚的蹬伸，转髋带动上体急剧左转，持球手用力向前挥甩，以鞭打动作将球射向球门（图23）。

● 原地单手体侧射门

在防守者举臂重点封拦高手射门时，为变化出球部位所采用的一种射门方法，其动作特点是：挥臂幅度小，动作变换快（图24）。

图 23 原地单手肩上射门

图 24 原地单手体侧射门

● 低手射门

是在防守者严密封锁高空和两侧时，将球低于膝部高度射门的一种方法。其特点是：动作突然、快速，出手部位低，防守者不易判断，难以及时阻截（图 25）。

图 25 低手射门

9.2.1.5.2.2 跑动射门

在快速跑动中完成射门动作的一种方法。它可以在球场的任何位置和任意角度上进行，常用于快攻。其特点是：射门时不减速，动作突然，守门员很难判断，难以封堵。

● 跑动射门

跑动中，左脚上步接球，右脚落地时双手持球于身体右侧，随着左、右脚的两步跑动，右手自下而后向右上方划弧，将球引至右肩上，呈准备出球状态。右脚支撑地面时，上体随球向右转动，利用身体的快速左转和腰腹力量带动右臂向前挥动，左脚积极前摆。最后甩腕将球射出（图26）。球出手后，左脚落地支撑，维持身体平衡，并继续向前跑。整个动作要在左脚落地之前完成。要求跑动、引球、射门动作之间衔接紧凑、自然、协调。由于跑动接球时迈出的腿和离球门区线的距离不同，跑动射门可分一步、两步和三步射门三种。

图 26　跑动射门

● 垫步射门

在防线前做中远距离射门时，经常采用垫步射门的方法。射门时，双脚支撑地面，可充分发挥身体各部分力量。垫步射门可原地也可行进间进行。

两脚前后开立，左肩侧对球门，右膝微屈。垫步时，左脚

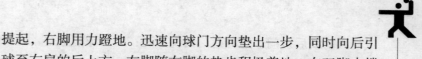

提起，右脚用力蹬地。迅速向球门方向垫出一步，同时向后引球至右肩的后上方，左脚随右脚的垫步积极着地，在双脚支撑地面时，急剧向左转体，挥臂甩腕射门（图27）。

图 27　垫步射门

● 交叉步射门

在防线前做中远距离射门时所经常采用的一种方法（图28）。

图 28　交叉步射门

9.2.1.5.2.3　跳起射门

是一种跳起在空中时将球射向球门的方法。多用于防线前或切入防线后射门。这种射门的优点是：跃入球门上空，可以缩短与球门的距离；同时，射出的球速度快，力量大，效果好。防线外向上跳起射门能增加出手高度，从防守者头上将球射向球门。

跳起射门分为：向前跳起肩上射门、向上跳起高手射门和同侧脚跳起射门等。

• 向前跳起肩上射门（图 29）

进攻队员持球突破后，一般多采用向前跳起的射门方法。其优点是：缩短与球间的距离；跳入球门区上空，避开防守队员，使其不能阻挠射门动作；小角度跳向球门区上空，能争取较大的射门角度。根据实际情况，向前跳起射门的步法可分为一步、两步、三步三种。

图 29　向前跳起肩上射门

• 向上跳起高手射门（图 30）

外围队员在防线前进行中远距离射门和任意球进攻配合

图 30　向上跳起高手射门

中，经常采用向上跳起射门。它能争取到最高的出球点，可有效地避开防守者的封堵。其优点是：向上跳起高手射门的出手时间，可在跳起时采用高跳快带高手射门，也可采用身体在空中稍有停留，利用时间差寻找空隙将球射出。也可分为一步、两步、三步三种。

　　●同侧脚跳起射门

　　这是一种起跳脚与持球手臂在同侧的起跳射门方法，多用于切入防线内射门。其优点在于能利用身体保护球，避开防守队员的封拦，使投掷臂能充分地展开。

　　9.2.1.5.2.4　倒地射门

　　倒地射门技术是手球运动的高难技术，由于它能有效地摆脱防守接近球门，因此也是得分的重要手段。在外线队员切入防线，或内线队员在球门区前遇到严密防守的情况下，往往采用跃入或倒入球门区射门。两边锋在小角度跃入球门区射门时，为了扩大射门的角度，常采用跳起侧倒射门。在防线前，为了避开对方的封球，也可采用各种侧倒射门的方法。倒地射门可分为原地倒地和鱼跃倒地射门两种。

● 原地倒地射门

多用于内线队员在球门区线前获球，为避开防守的阻拦而进行。罚 7 米球时，为缩短与球门间的距离，也常采用向前倒地射门的方法。

两脚前后或平行开立与肩同宽，面对射门方向，在屈膝身体重心下降的同时，左脚蹬地，身体重心前移，使身体向球门方向前倒，同时抬头挺胸。右腿抬起，身体迅速展开向右移动，右手将球直接引至右肩的后上方，当身体倒至与地面约成45°角时，上体向左转动快速挥臂射门。球出手后，按照左手、右手顺序缓冲着地（图31）。

图 31　原地倒地射门

● 鱼跃倒地射门

这是使身体跃起前倒在空中进行射门的方法，它多用于内线队员和小角度射门。

左脚用力蹬地，上体前倾，向前（或侧）跃起，上体侧倒，左肩朝下，几乎与地面平行，挺胸展腹，身体在空中呈背弓形。跳起后，右手将球引至右肩后上方（或头后），当跃至最远点时，上体急剧左转，以收腹、挥臂、甩抖手腕的力量将球射出。同时左手、左脚，右手、右脚依次落地。若前冲力量过大，可以顺势向内侧滚动，缓冲落地（图 32）。

图 32　鱼跃倒地射门

9.2.1.5.2.5　小角度射门

在小于 30°角的区域边锋射门称小角度射门。小角度射门并没有固定的方法，但作为位置技术来讲，有它自己的特殊要求。如：助跑步幅小而速度快，跳得远；在跃起的情况下，射门有力；出球点多而善于变化等。实践证明，正确熟练地运用小角度射门，对守门员威胁很大，成功率较高。

小角度射门，一般都是在较小的角度起跳而力求获得较大的射门角度。跳或跃入球门区时，用改变蹬地方向、改变出球部位的方法，可能达到争取较大的射门角度的目的。

右手在右侧区，左手在左侧区，多采用向前跳起鱼跃倒地射门（图33）。

图33　向前跳起鱼跃倒地射门

右手在左侧区，左手在右侧区多采用跳起体侧射门（图34）。其动作方法是：助跑多从端线附近向7米线方向起跳，步伐小而快，起跳时用左脚前掌蹬地，同时将球引至头上。跳至最高点时，将球由头上划弧引至体侧，并用转体、挥臂的力量出球，随后两脚依次落地。

图34　跳起体侧射门

9.2.1.5.2.6　快板球

这是现今发展的高难射门动作，多在阵地进攻采用。

快板球是进攻队员在球门区外原地或助跑跃入球门区上空接同伴吊入的球射门，然后倒地缓冲（图35）。具有突然性和隐蔽性，令防守和守门员防不胜防，有很强的攻击性。

图 35　快板球

9.2.2　防守技术

　　比赛中，合理地运用脚步移动、手臂动作和身体堵截，积极地抢占有利位置，阻挠和破坏对手的进攻，并以争夺控球权为目的的行为称为防守。防守技术是全队防守战术的基础，提高全队防守水平必须提高队员的个人防守能力，即稳固、准确与熟练地掌握个人防守的基本技术。比赛中，攻守的相互制约、相互促进，不断转化，使得防守与进攻具有同样重要的地位。重攻轻守的思想与做法都是错误的。提高防守技术水平是完全体现手球运动"积极主动，快速灵活"风格的需要，是"以小打大"战略方针的需要。

　　防守技术包括防守站位、移动、防守对手、封球、打球、抢球、断球等。

9.2.2.1　防守站位技术

　　●防守位置

　　防守人应处在持球进攻者与球门之间稍偏投掷手的一侧，

即靠近持球者的射门或传球路线上。

● 防守距离

防守距离的确定要根据对手是否持球、进攻意图、技术特点和距离球门的远近来确定，一般保持在一臂之间的距离。距球和球门越远，防守距离远些，距球和球门越近，则防守的距离就近。以能控制对手为原则。

9.2.2.2 积极的移动技术

防守步法是防守队员所采用的脚步移动的方法。它是提高个人防守质量的保障，是防守技术的基础，也是攻势防守战术的基础。经常运用的防守移动步法包括：攻击步、滑步、后撤步、交叉步等。

● 攻击步

是突然，快速地接近进攻队员时所采用的步法。其目的是为了破坏、干扰持球队员的进攻，及时果断地接近对手或打掉、抢下对方手中的球，给反击快攻造成有利的机会。

● 滑步

进行封球、打球或用身体堵截对方进攻路线时，经常运用滑步技术。滑步有左右滑步和前后滑步两种。

● 后撤步

这是变前脚为后脚的一种向后移动的步法。防守队员为了保持有利的防守位置，特别是防持球突破时，常用后撤步或与其他步法相结合运用。

● 交叉步

以侧身跑与交叉步跑相结合，用于防守不持球队员向内线空切。

9.2.2.3 防守对手技术

防守对手是防守队员运用脚步移动积极地抢占有利的位置，阻扰和破坏对手的进攻动作。手球规则规定，用身体阻拦对方持球或不持球队员的行动路线是合法动作。但用手臂或两腿阻挡对方移动则是不合法动作，应判罚任意球。防守对手，分为防守无球队员和防守持球队员两种。

● 防守无球队员

防守无球队员在比赛过程中占有相当大的比重，一般占全场防守的 80%左右。因此，是防守技术中的一个重要组成部分，具有相当重要的意义。

防守不持球队员的基本站立姿势要始终能够保持在有弹性的起动状态，以便迅速地左右滑动，调整防守位置，两脚与球门线的距离约 20 厘米。这样不易使进攻队员从防守者的身后穿过。在进行特殊防守时（如混合防守，边线防守），为了不让对手向球移动，两脚前后站立，身体面向对手，用眼的余光注视球，把重点放在自己所防守的对手身上。

● 防守持球队员

进攻队员有球时，对防守者是一种直接的威胁。因此，必须尽可能地去阻拦和破坏其各种技术的运用。

防守善于在外线进行远距离射门的队员时，在对方接球的瞬间，要尽量地接近对手，选位偏向投掷手的一侧，破坏其接球后的身体平衡，使其不能起步与抬手射门。

防守善于突破的外线持球队员时，选位可稍远些，两膝屈曲，上体正直，两脚成斜步防守，两臂向体侧张开以扩大防守面积。

对能突然射门的进攻队员应当采用特殊的防守方法。先发制人，尽可能地贴近他，使他接不到球。如对手一旦接到球，就应积极移动，紧逼死盯进行封堵，迫使他将球传给其他进攻队员。

在内线队员接球后，防守者应主动抢占有利位置并贴近他，不让他轻易地出手或射门。

9.2.2.4　攻击性的封球、打球、抢球、断球技术

封、打、抢、断球是防守中具有攻击性的技术。大胆、果断、准确地运用封、打、抢、断球，能直接地破坏对方的进攻，为反击创造有利的条件。准确的判断，迅速突然的移动，合理的手部动作是完成封、打、抢、断球的基础。

● 封球

封球是用手臂阻截和改变射门球的路线与方向的方法，是一项重要的防守技术。正确及时的封球，能破坏对方射门的角度，减少威胁并为反击快攻创造机会。根据对手射门的位置、距离、出手时高度分为正面封球（图 36）和侧面封球（图 37）两种。都可在原地、跑动中和跳起时进行。

图 36　正面封球　　　　　　　　　图 37　侧面封球

● 打球

打球是用张开的手从任何方向拨打掉对方手中球的方法。在对方接球、运球、射门时，乘其不备将球打掉（图38）。

图 38　打球

● 抢球

抢球是将对方所持的球抢为己有，是争夺控球权的手段。抢球的成功意味着进攻的开始。

● 断球

断球是截获对方传球的方法，是一项积极主动的防守技术。在对方传球时，突然断球发动反击快攻，就能造成以多打少的进攻机会。

10. 手球战术

10.1 手球战术的发展趋势

手球运动的进攻和防守是一对矛盾，在相互对抗中促进了手球运动的发展。手球运动的进攻是矛盾的主要方面，只有进攻才能得分取胜。然而防守是巩固既得成果和争取反守为攻的重要措施。进攻和防守既相互对立，又相互促进、相互影响，共同发展。

10.1.1 攻防观念的发展变化

一个世纪以来，特别是第二次世界大战以后，欧洲形成一套传统的单一的攻防体系，并长期称霸于世界手坛。20 世纪 80 年代以前，欧洲囊括了手球世界锦标赛、世界青年锦标赛、奥运会手球比赛的前三名。20 世纪 80 年代初，就已酝酿技战术的变革，以韩国为代表的小、快、灵"技巧型"的亚洲打法，在第 23 届奥运会上初见成效，韩国队在 1984 年洛杉矶奥运会夺得亚军之后，更坚定了他们的信心，他们根据本国运动员身材不高，但灵活性好的特点，大胆地采用攻势防守以扩大防区，有效地扼制了欧洲强队阵地强攻的打法。进攻的技战术也出现了新的面貌，快灵变的近身攻击，更使欧洲强队防不胜防。1988 年的奥运会，韩国女子、男子手球队几乎打败了所有的强队，夺得冠、亚军，让欧洲人大为震惊。

一些欧洲手球强国，对韩国、埃及、阿尔及利亚等国家采用攻势防守的打法，很不适应，显得十分被动。传统的攻、防观念被打破，再加上手球人才的流动，各国不同的打法和本国的文化背景的融合，促进手球运动的交流和发展。90 年代中期，法国、瑞典、丹麦、挪威引进了东欧的球员，吸取了亚洲、非洲的打法，重新又取得好成绩。经验和教训证实：只有改变循规蹈矩的进攻和防守观念，适应手球运动的规律，不间断地改革和创新，才能取得突破和发展。

10.1.2　快速灵活的进攻战术

比赛速度加快，快速灵活的进攻战术是手球运动的发展趋势。随着比赛战术的发展演变，中远距离的跳射、超越防守队员高举高打的进攻越来越难以奏效，往往被防守队员用攻击型防守封挡或干扰，不再像以前那样有威胁力。远射不再时尚，快速灵活风行，力量和速度相结合，向综合型发展。优秀运动队在重大比赛中快速反击的打法运用得很出色，普遍达到每 4 个进球中差不多就有 1 个是反击射门得分。世界顶尖球队反击进球的比例还要高，达到 30%，亦即每 3 个进球中就有 1 个是反击射门得分。

快速灵活的进攻战术，一方面可以捕捉瞬间的射门良机，另一方面使防守队员和守门员更难有时间和机会作出必要的防守反应和动作。应战攻势防守，就必须比对方更快地作出判断，更快地完成动作，才能达到化被动为主动的目的。进攻队员在反击中必须很快地投入到第二波和第三波中去，各小组进攻战术手段从反击第一浪潮开始无需经过调整和过渡而直接转入阵地进攻，可给防守带来极大的威胁。

10.1.3　灵活多变的攻势防守

攻势防守是现代手球运动发展的重要趋势。近几年来，防守战术有很大的发展，采用攻击性紧贴挤压式防守，竭尽全力地阻挠、限制、破坏对方运动员的技术发挥和战术运用，使对方陷于被动状态，在积极的防守中，寻机攻击，造成对方失误，或抢、断球，由被动变主动，由防守变为进攻。在1988年汉城奥运会上，韩国男、女手球队普遍采用3∶2∶1或3∶3的攻势防守，极力阻扰和破坏身材高大的欧洲强队在8～9米区域组织有效的战术配合和外围强攻，取得了明显的效果。在此之后的埃及、阿尔及利亚甚至采用半场盯人的攻势防守来干扰欧洲队的强攻，同样让欧洲强队深感被动。

攻势防守除了各种盯人防守之外，还给"防御的"基本阵势注入了攻击性的血液，在"6∶0"和"5∶1"基本阵势上，可演变为5∶0+1、4∶2、4∶0+2、3∶2∶1、3∶3等防守阵势。在一场比赛过程中，根据对手和比赛具体情况的变化，比过去更多地采用攻击型的各种防守阵势，积极主动地以少防多。

攻势防守使攻防转换的能力加强，攻势防守给进攻造成动作上的压力和体能上的压力，攻势防守有利于培养和造就进攻型队员，大大提高了手球比赛的速度，使比赛更加激烈。

10.1.4　多种战术的融会贯通

20世纪末期，攻势防守给陈旧的进攻方式极大的冲击，促进了进攻向快速多变的方向发展。进入 21 世纪，攻势防守的发展，更使人们注意到在一场比赛中，单纯采用一种战术是不能奏效的，必须根据对手和比赛具体情况进行变化，这就要求球队掌握多种战术和多种战术综合运用的能力。如：瑞典的"6:0"防守，经过多年的磨练，才形成现今的活一线"6:0"防守。守门员和防左、右内锋及防底线队员之间的协调配合，根据赛场上的变化，也采用 5:0+1、4:0+2 等攻击性防守破坏对方进攻。积极抢断球，一旦得手立即转守为攻，反击打得也很漂亮。还有法国、俄罗斯的综合防守也打得很流畅。

10.2　手球战术的设计

设计战术必须根据手球运动的规律和发展趋势，从本队的实际出发，走自己技术发展的道路，建立自己独特的攻、防战术体系。

首先，根据本队的具体条件，设计符合本队实际情况的基本攻、防战术。如队员的身体素质、技术水平、战术意识、意志品质等，充分发挥每个队员的特长进行优化组合。在此基础上，根据战术的要求来考虑每个队员的位置和全队阵形、移动的路线、攻守转换时的分工、攻击地点、防守区域和一定的变化规律，确定每个队员的战术行动。

第二，设计本队战术要充分考虑手球战术的发展趋势。不仅要从本队当前的具体情况和眼前实际需要考虑，更重要的是要有战略的思考，把整个发展趋势与本队的情况结合起来，使设计的战术符合潮流，为本队的发展及提高打下基础。

第三，设计的战术应具有均衡性、连续性和多变性。手球比赛有攻有守，一支优秀球队必须攻守兼备，战术组织上要保持攻守平衡。任何基本阵势的打法都处在一个动态之中。要做到攻时有守，守时有攻，保持攻守均衡的队形，保持战术的连续性。一个配合不成，要很自然的转向另一个配合，把各种战术融会贯通，能连续地、一个接一个、一环扣一环地组织战术配合，这样就会迫使对手始终处于紧张的奔跑之中，难以应付而产生漏洞。但任何战术都不是万能的，因此，战术设计要富于变化，在不断变化中寻找最佳时机。

韩国、瑞典、法国等优秀球队，将"6：0"和"5：1"作为基本的防守阵势，在一场比赛过程中，根据对手和比赛具体情况的变化，随时可演变为5：0+1、4：2、4：0+2、3：2：1、3：3等防守阵势，一环扣一环地组织战术配合，进行攻击型防守。一旦获球，马上就能变守为攻，进行反击快攻、推进或进入阵地进攻，寻找时机破门得分。

10.3　手球战术分类

手球战术分为：进攻战术、防守战术、守门员战术三大类（图39）。

进攻战术和防守战术又分小组战术和全队战术。

小组战术：是两三个队员之间协同动作所组成的简单配合。它包括进攻和防守两个部分，它是组成全队战术的基础，有了扎实的小组战术，方能有灵活多变的全队战术。

全队战术：是在小组战术的基础上，根据比赛的规律，针对各种变化所形成的全队各位置之间协同动作的复杂配合。是决定比赛胜负的重要因素之一。

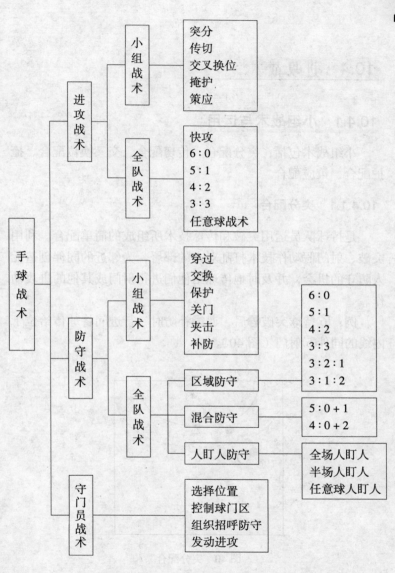

图 39 手球战术示意图

10.4 进攻战术

10.4.1 小组战术与运用

小组战术包括：突分配合、传切配合、交叉换位配合、掩护配合、策应配合。

10.4.1.1 突分配合

是持球队员运用突破和传球技术所组成的简单配合。利用突破、射门假动作技术打乱对方的部署，为邻近的同伴创造无人防守的机会，并及时地传球给他们进行射门或其他的进攻动作。

例：⑥持球突破❷后，遇❼补防时，行进间将球传给位于内线的同伴⑤射门（图40）。

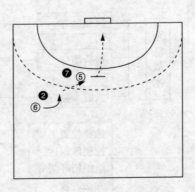

图40 突分配合

10.4.1.2 传切配合

是利用传球和切入技术组成的简单配合。进攻队员传球后，突然起动或结合变向摆脱对手快速切向球门接同伴传回来的球进行攻击。因此，又叫"两次传球"战术。它包括一传一切和空切。

例：②持球向❸、❹的中间防区切入，❸、❹关门时，行进间将球传给⑥切入射门（图41）。

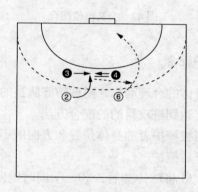

图41　传切配合

10.4.1.3 交叉换位配合

是利用队员之间交叉跑动互换位置和传接球技术组成的简单配合。进攻队员利用在对方防线前交叉跑动、互相交换位置，借以打乱对方的防守部署，在防守交接上产生错误或压缩其防区，达到突破和射门的目的。

例：③持球斜线切入与②进行交叉换位的传接球（图42）。

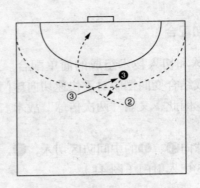

图 42   交叉换位配合

10.4.1.4   掩护配合

是以自己身体的合理动作，阻截防守队员的移动路线，使同伴摆脱防守，达到进攻目的的配合方法。

根据自己与被掩护者的身体位置和方向的不同，可采用前掩护、侧掩护、后掩护。

• 前掩护：③将球传②后，③、⑦同时跑向❺、❻面前，作前掩护，与此同时②进行跳起射门（图 43）。

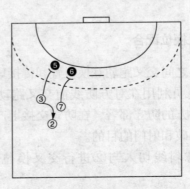

图 43   掩护配合

• 侧掩护：在⑥持球直切的同时，④站在❺的侧面，⑥变向利用④的掩护切入（图44）。

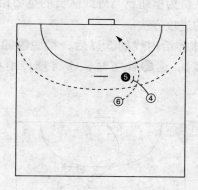

图 44　侧掩护配合

• 后掩护：❺持球时，②站位于❸的身后，❺突破，❹移动补防，②转身接❺的回传球（图45）。

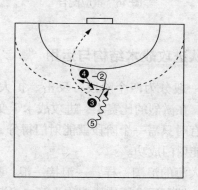

图 45　后掩护配合

10.4.1.5　策应配合

是以内线队员为枢纽，与外线队员的空切相配合而形成的一种里应外合的进攻方法。

例：④将球传给内线的⑤以后，摆脱❷的防守，切入接⑤的回传球射门。遇❸补防时，④将球传给身后的⑤射门（图46）。

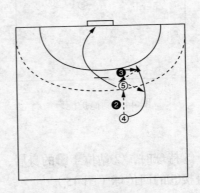

图46　策应配合

10.4.2　全队进攻战术结构与运用

进攻战术一般分为四个阶段：反击、扩大反击、组织进攻、阵地进攻。在激烈的比赛中，进攻战术千变万化，并不是一成不变的。有时只需一个阶段就能射门得分，有时经过了4个阶段未必就能射门成功。

进攻就像大海的浪潮一样，一浪接一浪。反击长传快攻，称为第一浪潮；扩大反击短传快攻称为第二浪潮；组织进攻称为第三浪潮；然后是阵地进攻。

10.4.2.1 反击——第一浪潮

进攻射门未果，守门员得球后由防守转为进攻而展开的强大攻势称反击。喻称为进攻的第一浪潮。

反击的特点就是快，采用长传快攻的方法，是比赛主要得分手段之一。

一个优秀的运动队能打出漂亮的反击，是现代手球发展的趋势。

10.4.2.2 扩大反击——第二浪潮

如对方采取快速退守，严密防守快下边锋的方法时，守门员应及时将球传给球门区附近的其他同伴，由中路短传快速推进，仍坚持打快攻，两边锋仍应沿着边线跑向前场。这样，既可牵制对方的防守，又可扩大攻击面。这一阶段是第一浪潮的继续，称扩大反击，也称进攻的第二浪潮。采用短传快攻的方法。

10.4.2.3 组织进攻——第三浪潮

由于对方快速退守，扩大反击已难有成效，这时，核心队员应发出信号，通过控制球战术，如回传、运球或换位等方法，调整进攻位置，尽快到位，并乘防守立足未稳，继续进攻。它是第二浪潮的继续，又称进攻的第三浪潮。

组织进攻的过程不宜拖长，一旦发现防守有漏洞，应果断地展开攻击，以取得出奇制胜的效果。

10.4.2.4 阵地进攻

当对方已经布防完毕而严阵以待时，应耐心地展开有序进攻，称阵地进攻。一场手球比赛，阵地进攻与快攻的比例一般为 4 : 1 ~ 3 : 1。因此，阵地进攻是十分重要的战术。

阵地进攻时，要观察对方所采用的防守阵形，避实击虚，以快速的转移球，积极的穿插跑动，调动与分割对方的防守，打乱其防御部署，展开连续性的攻势。

10.4.3 防守反击战术及运用

防守反击是由防守迅速转为进攻的战术。快速防守反击往往使对手措手不及，造成被动挨打的局面。这也是球队得分和获得胜利的主要手段之一。

10.4.3.1 防守反击技巧

● 利用防守中出现短暂的被动或者"无序"局面，例如，防守队员尚未到达自己的防区即争取射门以结束进攻。

● 采用有目的的进攻动作，马上造成射门的机会。

● 有目的地加快比赛速度以控制比赛的节奏，使对方队员处于体力和心理的重压之下。

10.4.3.2 组织防守反击的条件

● 在防守反击过程的第一浪潮和第二浪潮中，每个队员的任务必须根据各个队员的个人技能条件来确定。在第二浪潮中至少应有 1 名技术全面、具有较宽视野的队员参与。

● 在第二浪潮中必须首先考虑到防守队员采用攻击性防守动作来干扰和破坏防守反击进攻。这时，可以通过 9 米线附近的回传球继续打反击。

● 不要在平日的训练中形成"模式化"的反击套路和射门动作，这一点很重要。反击中的具体打法应由队员根据场上的实际情况灵活掌握，随机应变。防守反击打法应是一种具有创造性的打法。

10.4.4　快攻战术及运用

快攻是防守反击常用的手段。快攻是由守转攻时，以最快的速度，最短的时间，果断而合理地进行攻击的一种速战速决的进攻组织形式。快攻是手球运动进攻战术中的重要组成部分，是提高进攻成功率的重要手段。快攻本身体现了手球运动积极、快速的特点。由于它的突然和快速，往往容易争得比赛的主动。

快攻的组织形式有长传快攻、短传快攻两种。快攻是由发动接应、推进和结束三个部分组成。发动快攻的时机有：掷球门球、掷任意球、掷界外球和抢断球四种。

10.4.4.1　长传快攻

长传快攻是两名队员利用奔跑的速度和同伴的长传球来完成快攻配合的。其特点是：一般只经过发动阶段的一传和结束阶段的射门。方法简单，速度快，时间短，成功率高。长传快攻主要在守门员获球后或掷任意球时发动。

守门员掷门球发动快攻：

守门员挡截对方的射门发出一传即为第一浪潮的开始。这时两个边锋应快速跑向前场，守门员的长传反击快攻具有较大的突然性，对方来不及回防，因此，威胁大，成功率很高。长传反击快攻有下列形式：

• 单点反击快攻：守门员①挡截球后，不失时机地将球传给全速跑向（过）中线的边锋⑦，边锋接球后运球射门（图47）。守门员最好传快速有力的低弧线球。传球时，注意观察对方守门员的站位及其意图，决定传球的方向、角度、高低和方法。如发现守门员站位远离其球门，亦可直接射门。在手球

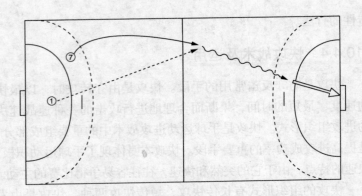

图 47　单点反击快攻

比赛的历史上，就有守门员直接射门成功的事例。

　　●双点反击快攻：左锋⑦、右锋⑥同时沿边线起动，左锋⑦接守门员一传后，立即斜传球给右锋⑥，由右锋⑥快速运球射门。用于对方有一名队员防守或守门员跑出球门区抢截长传球之时（图48）。

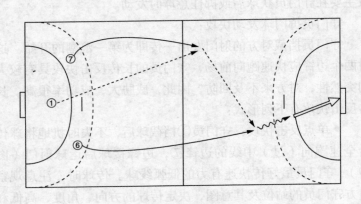

图 48　双点反击快攻

• 双点交叉反击快攻：左锋⑦、右锋⑥同时沿边线起动，左锋⑦在中线附近接守门员一传后，立即与右锋⑥进行一次交叉换位配合后射门。用于对方有两名队员防守或迷惑守门员（图49）。

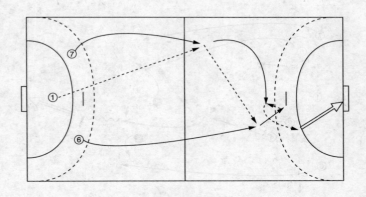

图49　双点交叉反击快攻

上述 3 种反击配合，如守门员因对方阻挠不便直接长传给边锋时，可将球传给后场作接应的同伴来完成。

掷任意球发动快攻：

进攻队违例或犯规，由防守队掷任意球进攻，此时，正是对方处于防御中最薄弱的退防阶段，应当迅速发动反击快攻。掷任意球由距掷球地点最近的队员在对方退守布防之前迅速进行。

10.4.4.2　短传快攻

短传快攻是防守队员获球后，立即以快速的奔跑和短距离的传接球进行攻击的战术方法。由于反击时队员站位分散，参加快攻的人多，配合灵活，机动性强，所以效果较好，短传快攻可以由守门员发动，也可以由场上其他队员发动。

例：由守门员发动的短传快攻（图50）。

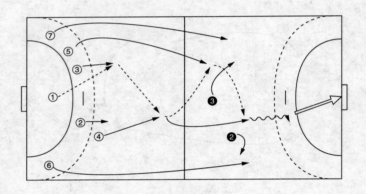

图50 短传快攻

快攻是由发动与接应、推进和结束三个部分组成。

●发动与接应：是及时进行第一传和接应第一传的配合。为要加快第一传时的速度，掷球队员必须扩大视野，观察接应队员所在地区的情况，及时准确地将球传出，接应队员则应迅速占据有利的接球位置，其他队员在中场附近机动地接应二传，以避免因前后脱节而中断快攻。

●推进：快攻的推进应有明显的层次，全队形成多个三角形，便于球的转移与接应，推进中球的传递要快而准确。快攻推进一般有中区接应后两边推进（图51）、边锋接应后中间推进（图52）、中区接应后中间推进（图53）、边锋接应后综合推进等（图54）。

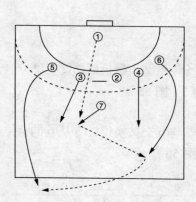

图 51　中区接应后两边推进

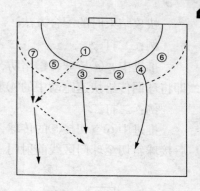

图 52　边锋接应后中间推进

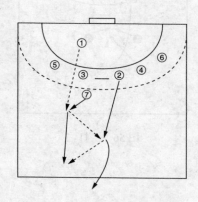

图 53　中区接应后中间推进

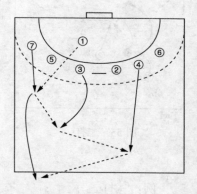

图 54　边锋接应后综合推进

● 快攻结束：是指将球快速推进到前场后，队员进行配合射门的阶段。快攻的发动接应与推进都是为快攻结束时的无阻挡射门创造条件。如果这一关键环节解决得不好，不但快速反击的一切努力都功亏一篑，而且还会遭到对方的防反攻击。

快攻结束时的配合方法：

例：二打一

推进中，④持球，❸堵防，④传给②，❸折回防②，②立即将球回传给快速跑动中的④射门（图55）。

例：二打二

推进中⑥空切接⑤的传球，⑤与⑥交叉换位，⑤从⑥的背后接球斜切至球门区线前射门（图56）。

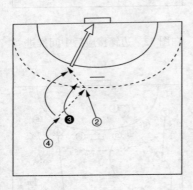

图55　二打一

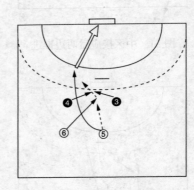

图56　二打二

例：三打二

⑦突破时，当遇❺、❻补防应伺机分别传给两侧快下的③或⑥射门（图57）。

例：三打三

推进中，④传球给②反方向跑动，与同伴③交叉切入，防守队员❹跟防③时，应立即将球传给交叉跑动中的④射门（图58）。

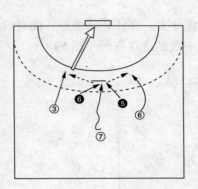
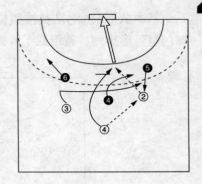

图 57　三打二　　　　　　图 58　三打三

10.4.5　阵地进攻战术

对防守队所组织的完整而稳定的阵形进行攻击即是阵地进攻。阵地进攻时，首先要观察对方所采用的是哪种防守阵形，在了解每一种防守阵形特点的情况下，避实击虚，以快速的转移球，积极的穿插跑动，调动与分割对方的防守，打乱其防御部署，按照预定的配合方案，内外结合，远近结合，中边结合，展开连续性的攻击，力争在局部地区内造成以多打少的优势。

阵地进攻的基本阵形有"6：0"（一线进攻）、"1：5"、"2：4"、"3：3"（均为两线进攻）四种。

10.4.5.1　"6：0"进攻阵形

"6：0"进攻阵形是基本进攻阵形，在防守采用"6：0"一线密集防守而攻方外围攻击又不力的情况下，可采用"6：0"进攻阵形，向左右两侧扩大攻击点，迫使对手拉开防线，有利于各个击破。

基本队形：6 名队员按照位置分工，在任意球线外，面对球门呈弧形排列，就组成了 6 人一线的进攻阵形（图 59）。

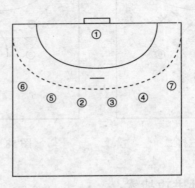

图 59 "6：0" 进攻阵形

10.4.5.2 "1：5" 进攻阵形

当对手采用 "5：1" 防守，破坏攻方中路进攻战术配合时，攻方可采用 "1：5" 进攻方式，以避开突前队员的防守，把战术重点移至两侧，并与底线队员打里外配合和声东击西的战术配合。对一线防守也可以采用，利用底线做挡、撤、掩护，切割防线，进行重点区域攻击。

基本队形：5 名队员分站在任意球线附近，面向球门弧形排列，⑤的站位稍远，便于转移球与接应球。另一名队员②背向球门站立于球门区线前的中间地带（图 60）。

10.4.5.3 "2：4" 进攻阵形

通常在攻方两腰有较强的外围攻击手时，可采用 "2：4" 进攻阵形，并利用两位底线队员交叉移动跑位与左、右内锋进行有效的战术配合，拉开防线，时而让防守密集中路，有利于两翼的进攻；时而拉开到两翼，有利于中路进攻。

基本队形：4 名队员面对球门站成一线，④、⑤的站位稍远些。两名队员背向（或侧向）球门，分别站在球门区线前（图 61）。

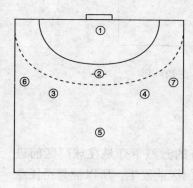

图 60 "1∶5"进攻阵形

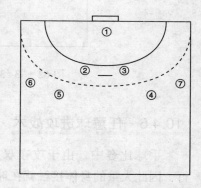

图 61 "2∶4"进攻阵形

10.4.5.4 "3∶3"进攻阵形

当攻方外围攻击手及中卫活动能力较强时，防守往往采用"3∶3"攻击形防守，以限制攻方的外围队员的活动区域。在这种情况下，攻方两翼沉底，并与底线队员跑动移位、交叉配合，给外线队员挡、撤掩护，进行多方位的攻击。这种进攻阵形在水平较高、战术配合默契的球队中采用效果较好。

基本队形：⑥、④、⑦站在任意球线附近，②、③、⑤站在球门区线前（图 62）。

技、战术与训练

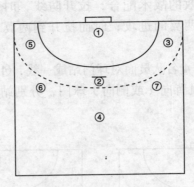

图 62 "3∶3"进攻阵形

10.4.6 任意球进攻战术

手球比赛中，由于攻守双方的激烈争夺是在球门区前进行，因此大量的身体接触就在球门区前发生，所以被判罚任意球的机会较多。规则规定：掷任意球队员可以不经裁判鸣笛直接射门得分。因此，围绕着任意球的进攻与防守问题，攻守双方产生了尖锐的矛盾，任意球的进攻与防守成了手球战术中一个重要组成部分。

比赛中，应当充分地利用每一次掷任意球的机会，按照规则掷任意球时，防守队必须离开持球队员 3 米，此时场上成死球局面。因此，进攻队可以充分利用这一时机组织战术配合，以获得较好的攻击效果。

例：②持球，与③、④背向球门，并列于任意球线外，②将球传⑥后，三人同时后退压缩防线，造成前掩护，⑥接球后跳起超手射门（图 63）。

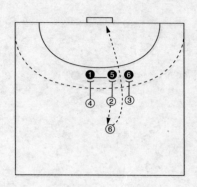

图 63　任意球进攻

10.5　防守战术

10.5.1　小组战术与运用

小组战术包括：穿过防守配合，交换防守配合，保护防守配合，"关门"配合，夹击配合，补防配合等。

10.5.1.1　穿过防守配合

对方掩护时，被掩护队员抢在掩护之前迅速撤步从同伴身前穿过，继续防守自己的对手。

例：⑤给⑥做掩护时，防守队员❸后撤一步离开被掩护位置，同时，从❻的面前穿过向左移动继续防守自己的对手（图 64）。

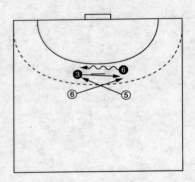

图 64　穿过防守配合

10.5.1.2　交换防守配合

是防守队员之间交换对手的防守方法，主要用于对方掩护时。

例：⑤与⑥传接球交叉跑动，❶与❸在盯防移动过程中迅速交换防守（图65）。

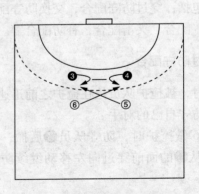

图 65　交换防守配合

10.5.1.3 保护防守配合

是为了协助同伴防守持球突破，保护防守配合的方法。

例：当②持球时，❷突出防线顶前防守，左右两侧临近的同伴主动向里靠拢，分别站位于❷的身后两侧，形成三角防守阵形（图66）。

10.5.1.4 "关门"配合

是临近的两名防守队员协同防守突破的配合方法。

例：⑤持球突破时，❸积极滑步堵截，临近的同伴❷向❸靠拢，以身体堵死⑤的切入路线，形成二防一的局势（图67）。

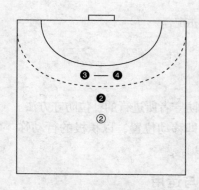

图66 保护防守配合

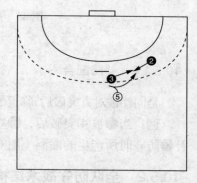

图67 "关门"配合

10.5.1.5 夹击配合

是在局部地区主动造成以多防少的局面，从而破坏对方进攻的一种防守方法。

例：③持球突破，防守队员在跟防过程中靠近同伴，伺机形成二防一局面，使③处在两人夹防之中。夹击形成之后，❸积极移动截断③向外的传球路线，④接球后❸、❺积极抢截，造成对④夹击的局面（图68）。

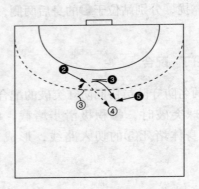

图68　夹击配合

10.5.1.6　补防配合

是同伴被对方突破后，临近的防守者所进行的补位防守方法。

例：当❺被④突破后，❻立即移动位置，以积极的行动弥补❺防守时所产生的漏洞（图69）。

10.5.2　全队防守战术结构与运用

防守战术一般分为四个阶段：回防、中场争夺、组织防守、防守体系。

10.5.2.1　回防

每当进攻结束（射门或失误），所有的队员必须取捷径，

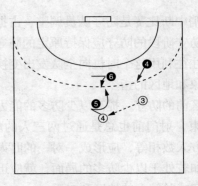

图 69　补防配合

迅速回撤到后场（可能不落在自己的防区上）。力争在对方进入球门区附近之前形成一个暂时的防守整体。

被明确拖后的队员积极追防对方快下的边锋，破坏进攻路线，进行抢断球，瓦解对方的长传快攻。

10.5.2.2　中场争夺

队员在后撤过程中或已退回后场，为了阻止对方的短传快攻，应在自己的防区内与对手短兵相接，力争抢断球打反击或堵截持球队员，制造中断比赛的机会。守门员则应集中注意力于持球队员和向球插入球门区附近的进攻队员，防住他们的"冷射"和强行突破。

10.5.2.3　组织防守

当对方放弃快攻时，可乘机进行防守位置的调整。

组织防守的方法：对持球进攻的队员及其邻近的同伴，应严密防守对方；远离球一侧相邻的防守队员可进行位置的调整；裁判员鸣哨中断比赛是防守队员调整、占据场上位置的最佳时机。组织防守阶段的防守应保持原定的防守阵势。组织防守的核心队员往往利用这个时机向全队发出变换防守战术或提出重点防守对象和地区的指令。

加强球门区前的防守，提高以少防多的能力。对方的快攻多是以射门结束，射门前也总是通过两三人的配合进行攻击。防守时，如双方人数相等，应形成一对一的盯人，并加强同伴之间的保护。如若处于以少防多的局面，就应迅速抢占有利位置，侧重于防守威胁较大的地区和对手。

10.5.2.4 阵地防守

由进攻转入防守后，防守者迅速退回本方球门区前，按照一定的阵形，守住一定的区域或对手，同伴之间相互配合所组成的集体防守就是阵地防守，全队的阵地防守是建立在每个队员个人防守的基础上的。

10.5.3 攻势防守及运用

在防守的过程中，不是循规蹈矩的传统消极防守，而是积极主动的带有攻势的防守，这是现代手球发展中的创新，对推动手球运动的发展起了积极的作用。国际上手球新兴力量——埃及、阿尔及利亚男队和韩国女队采用攻势防守，在 20 世纪80 年代末和 90 年代初的世锦赛和奥运会上，使手球传统国家——德国、俄罗斯等经历了很大的挫折，如今世界手坛广泛采用攻势防守。

攻势防守的特点：

• 防守中实施的行动和动作都是积极主动的、有预见性的、带有攻势的，而且是始终以夺取球为目标的；

- 强调 1 对 1 是所有防守形式中最主要的基本形式；

- 采用灵活而随机应变的身体接触战术，根据场上情况变化使用紧逼和挤压防守，以少防多；

- 有条不紊地从盯人防守过渡到区域防守。

10.5.4　防守快攻及运用

防守快攻是防守战术中的重要组成部分。手球比赛场地大，进攻队容易发挥速度，而且冲击力强，这都给防守造成困难。只要掌握攻防的规律，封堵快攻接应第一传的队员，退守在中场的队员积极抢截，加强球门前的防守，不断提高以少防多的能力，就可以控制住对方的快攻，同时还可截获对方的球，增加自己打反击的机会。

10.5.4.1　防守快攻的方法

- 封堵第一传的接应队员。在有组织地封堵接应第一传队员，是制止对方发动快攻的关键，破坏对方发动快攻的路线也取决于封堵一传。当对方守门员掷球门球发动快攻时，离他最近的防守者，应迅速地封堵第一传；当对方掷任意球快攻时，离接应队员最近的防守者则应封堵接应第一传的队员。

- 防守快下队员。当对方发动快攻时，两前锋应加强对快下队员的防守，全力盯防，积极地堵截。单纯而又消极地退守不能有效地改变被动局面，而带战术性的退守却有可能抢断到对方的长传快攻球。

- 中场抢截。手球比赛中的中场抢截球是比较困难的。但是，只要防守者协同配合，积极努力，中场抢截球也有可能。进行中场抢截的目的，不仅是为了获得球，更重要的是通过它达到延误对方进攻，破坏对方快攻的配合，造成对方失误和违例等战术目的。

当对方将球推进到中场时，退守中路的防守队员要积极干扰、拦截持球的队员，两边的防守队员要紧逼对方的前锋，尽量不让他接球，其他队员快速退防，以均衡双方的攻防力量或争取占据防守上人数的优势。

● 加强球门区前的防守，提高以少防多的能力。对方的快攻多是以射门结束，射门前也总是通过两三人的配合进行攻击。防守时，如双方人数相等，应形成一对一的盯人，并加强同伴之间的保护。如若处于以少防多的局面，就应迅速抢占有利位置，侧重于防守威胁较大的地区和对手。

10.5.4.2　防守快攻的技巧

封堵第一传的接应队员时，要注意球的位置由距离最近的队员堵截。一般情况下，防守快下队员的重点是两边前锋和突前的队员，中区的抢截要有战术目的。球门区前一防二时，防守队员积极移动，选择有利的防守位置，注意观察与判断进攻者的意图，及时准确地使用防守动作，二防三时的防守重点应选在中间区域，一人迎防持球队员，一人作保护性防守，两人协同配合，积极移动，及时补位，最大限度地延误对方的进攻时间，同时用抢断技术，争取尽快地获得控球权。

10.5.5　阵地防守技术及运用

采用什么防守体系，除根据本方队员的条件、特点及训练情况外，更为重要的是要有针对性，根据对方的进攻战术及其特点而变化。

现代的阵地防守，不再是常规的防守，而是注入了攻势防守"血液"的阵地防守。

阵地防守的基本阵形有"6:0"（一线防守）"5:1"、"4:2"、"3:3"（均属两线防守）和"3:2:1"、"3:1:2"（三线防守）等。

10.5.5.1 "6:0"防守阵形

手球比赛的进攻必须在球门区外进行，因此，防守队员分区防守并围绕球门区联成扇形一线，形成围守球门的状况，比较有效地限制了对方的进攻。它是手球比赛中阵地防守的基础，多应用于对方突破能力较强，两侧前锋威胁较大，但缺乏远射能力的球队。

基本队形：6名防守队员站在球门区线前形成一道密集的扇形防线。身材高大、防守能力较强的队员居中，前锋队员位于两侧，其活动范围如图70。

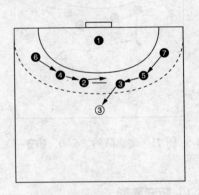

图70 "6:0"防守阵形

现行的"6:0"防守，是积极的、攻击性的活一线防守。它的特点是：

• 攻击性的内线防守；

- 带有半攻击性的防守；
- 特别是外线防守的队员随球移动而变化。

瑞典队是使用"6：0"防守的典范。例：②号队员向前运球企图切入时，防守队❸向前阻挡顶防②的跑动，❷、❺协助❸防守。进攻队②将球回传给同伴④，防守队❸上前顶防④，②向右空切沉底，❺后退顶防②。由于❸上前顶防④，④被逼将球传给同伴③，防守队❹上前顶防③，❷向右侧移协防。球不在一侧时，防守队员向内侧靠拢，对进攻队员接球时进行干扰，把注意力暂时从他分管的对手身上分开，形成在有球的地方始终保持以多防少的形势（图71）。

图71 瑞典队的"6：0"防守

10.5.5.2 "5：1"防守阵形

"5：1"防守是为了破坏对方习惯的战术配合及限制对手正面远射。

基本队形：5名队员成弧形一线分布在球门区前，另一名队员突前在任意球线附近站位（图72）。对突前队员要求是防守技术全面，移动快，耐力好，其任务是封堵正面远射，断截球和破坏对方的战术配合。

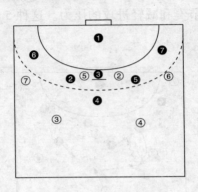

图 72 "5：1" 防守阵形

法国男队运用 5：1 防守很出色，其主要特点是：

● 中卫❷攻击性的对付他所负责的左内锋进攻队员。

● 同时，突前❹队员根本不去管他所负责的中卫进攻队员，而是用身体去阻挡左内锋进攻队员继续向内侧移动。

● 突前❹防守队员个人能力很强，打法变化多端，他在广泛的区域内会向进攻队的所有 3 名后场队员进行攻击性防守。

例：从图 73（法国队对俄罗斯队在 1997 年第 15 届男子手球世锦赛半决赛中采用 5：1 防守的情况）可以看出当今经常观察到的基本防守阵势中的灵活打法。进攻队②运球后将球传给同伴③，防守队❷马上作出反应，向前顶出来并设法拦截给③的传球。③接球后运球向前跑动。❷防守队员同时后退继续跟着他。❹防守队员跨步向左内锋方向移动以便阻挡可能出现的切入。这样进攻队的③被❹和❷两名队员进行了"双保险"防守。为了阻挡②队员向前进行中的传球，❺防守队员暂时不考虑自己所防守的④队员，而从防守区域内主动出击。这种积极主动和攻击性、带有预防性打法，其主要目的是，打断进攻队的比赛节奏和减轻进攻的压力。这种5∶1防守常常有很大的灵活性。

图 73　法国队的"5∶1"防守

10.5.5.3　"4∶2"防守阵形

一般用于防守经常采用"4∶2"进攻或有两名远射手的球队。

基本队形：4 名队员成一线分布在球门区前，另两名队员突前在任意球线附近约与球门成 45°角的位置上（图 74），❺、❻随球的转移在任意球线附近左右、前后移动，防止对方的远射，扰乱其进攻的组织，并设法抢断球。因此，这一位置应由防守技术好、体力充沛的队员担任。

10.5.5.4　"3∶3"防守阵形

这种防守阵形层次分明，中区密集，能有效地防止远射和中间突破，特别是对方两边攻击力量较弱时，运用更为适宜。

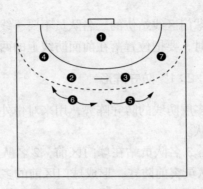

图 74 "4：2" 防守阵形

基本队形：3 名队员站在球门区前，另 3 名队员在任意球线附近活动，形成两线防守（图 75）。⑤、⑦号位由行动灵活、善于抢断球、防守能力强的队员担任，其任务是防远射，积极看守持球队员，扰乱进攻的组织。⑥号位是防守的组织者，他不仅负有和⑤、⑦号位同样的任务，还要与⑤、⑦号位配合协防。③、④号位置应让移动快、防守小角度能力较强的

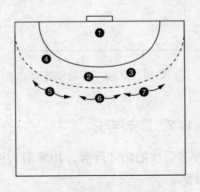

图 75 "3：3" 防守阵形

队员担任。沿球门区线站位的三名队员不要一线重叠落位，向有球方向移动时，要把位置落在前面防线上的两名队员之间。

10.5.5.5 "3：2：1"防守阵形

这是一种多层防线的防守阵势，用来对付外线配合好，远射能力强的球队。

基本队形：3 名队员站在球门区前，2 名队员站在任意球线附近，1 名队员突前防守，形成球门区前的多三角形防守阵势（图 76）。其特点是：有纵深，正面防守密度很大，能成功地完成队员之间的配合，能最有效地防守住对方有远射能力的 3 名队员，保证了球门正面大角度地区不受对方威胁。

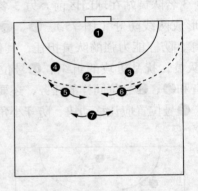

图 76 "3：2：1"防守阵形

10.5.5.6 "3：1：2"防守阵形

这也是一种多层次的防守阵势，用来对付中路战术活跃、且攻击力强的球队。

基本队形：3 名队员站在球门区前，1 名队员站在任意球线附近，2名队员站在任意球线前，形成球门区前多三角防守阵势（图77），其特点是：以小搏大，这种防守阵势适合相对矮小但速度快又灵活、堵截能力强的球员，又能对付高大球员中间区域猛攻。这种攻击型的防守阵势必须保持中间区域防守的绝对优势，持续逼迫攻方的中间外围球员（左中右锋）往两边移动，使他们只能从不利的位置射门，降低其命中率，这样才能弥补自己身材上的劣势。

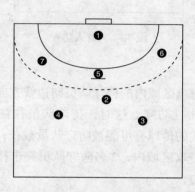

图77 "3：1：2"防守阵形

10.5.6　人盯人防守及运用

人盯人防守战术有：全场人盯人、半场人盯人和任意球线人盯人防守。

埃及、阿尔及利亚等非洲队，身体素质好，个人对抗能力强，比赛中采用人盯人防守战术，使欧洲队的传统打法受到极大的冲击。

非洲队人盯人防守的特点如下（图78）：

- 对持球队员以及6～9米区内的队员进行紧贴防守；

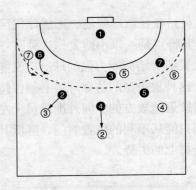

图 78　人盯人防守

●在外侧进攻区域内的持球队员向边线方向移动时，采用紧贴防守和攻击性防守。这时，持球队员往往被迫向中间传球，这种被动式的传球有可能被防守队员截获；

●在外侧进攻区域内，2 名防守队员夹击持球队员，大大增加对他的压力；

●对在中间地区的无球进攻队员采用保持一定距离的盯人防守。

10.5.7　防守任意球战术

比赛时，对方常在任意球线前获得掷任意球的机会，使防守处于被动的地位，因此，必须迅速地采取措施组织防线，在对方可能直接射门得分时，由 2～3 名防守队员组成"人墙"，并和守门员取得配合，封锁球门的一侧（图 79），组墙是为了使对方难以直接射门得分，如执罚任意球的队员将球传出时，组墙的队员则应迅速采取相应的措施，破坏对方的配合。

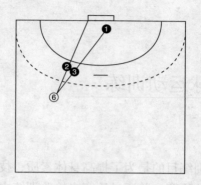

图 79 "人墙"防守

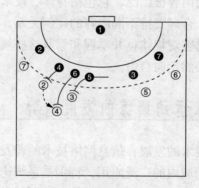

图 80 防守任意球

例：②持球传给④时，❹、❺、❻队员应快速上前看守住自己所应防守的对手，特别注意不让对方持球突破（图 80）。

11. 手球运动训练

　　手球运动训练目的是为了提高身体素质、技战术水平，以适应紧张激烈的比赛，并通过比赛来检验训练水平、思想作风与在实战中进一步提高技战术，争取获得预期成绩。

　　手球训练的内容很广泛，它包括身体、技术、战术、心理等方面的训练。合理安排不同内容的比例关系，从复杂的训练内容中，总结出客观规律，并掌握和驾驭这些规律，才能使手球训练工作由必然走向自由。

11.1　手球运动训练的发展趋势

　　随着科学技术的发展，信息网络技术的普及和生物科学技术在运动训练领域内的广泛应用，特别是系统论、信息论和控制论思想在运动训练中的应用，促使运动训练向着科学化、信息化、定量化的方向发展，推动了运动水平的提高，也使手球运动训练发生了巨大的变化。手球运动训练发展的趋势主要表现在以下几个方面。

11.1.1　运用多种学科知识

　　当今，手球训练由教练员主观经验组织训练逐渐转变为科学化训练。在手球训练中广泛应用运动训练学、运动心理学、生物科学、社会学、管理科学等学科知识和科研成果指导手球训练。广大教练员用生物学手段监控运动负荷，评定运动员的运动机能，加速训练后的恢复。采用生物力学的方法，对手球运动的关键性技术进行诊断，使运动员的技术水平迅速提高。在训练中采用心理学的方法，调控运动员的心理状态，确保运动员在比赛中技战术能力的正常发挥，从而大大地提高了运动训练效果。

11.1.2 合理安排运动负荷

一场手球比赛的时间为 60 分钟，双方运动员谁能尽快发挥最高竞技能力，谁就有更多的机会在激烈的竞争中占据优势。因此，必须提高运动负荷，加大负荷是提高训练水平的重要途径。合理安排负荷是提高训练水平的有效措施。教练员运用生物学手段监控运动负荷，根据训练、比赛周期和运动员的身体、心理、技战术水平等具体情况，合理安排运动训练的时间、强度、密度以及技战术的难度等，通过科学的训练方法，不断提高运动负荷，加深负荷对运动员有机体的刺激，经过长期、艰苦、细致的训练，实现提高运动能力的训练目的。

11.1.3 加速负荷后的恢复

在手球训练和比赛中运动员的负荷很大，同时，能量的消耗也很大。各国在训练中都十分重视恢复训练。各方面的科研成果为进行有效的恢复训练提供了可靠的科学依据，遵循超量恢复的原理，积极地进行恢复训练，使运动员的机体在恢复后，能继续接受大运动量训练。因此，各国将恢复的实施列入训练计划，把加速负荷后的恢复作为训练工作的重要组成部分，建立恢复中心，给运动员消除疲劳，补充基本营养素、微量元素、能源物质，有利于运动员的恢复，避免过度疲劳。

11.1.4 加强运动队的管理

运动队是一个群体，存在于社会之中，同样受社会环境的影响。根据社会学、管理学和行为科学的原理，在日常训练和生活中实施目标管理，引入适当的竞争、激励和监督机制，使运动员参加训练和比赛的积极性大幅度提高，集体的凝聚力、战斗力增强，使球队成为一支能战善战的集体。

11.2 技术训练

手球技术训练特点是：在抓好基本技术训练的基础上，突出位置技术训练，通过对抗性训练，提高技术与技术的衔接及其熟练运用的能力。

11.2.1 基本技术训练

基本技术是手球运动的基础，在训练中必须从难、从严、从实战出发，狠抓基本技术的动作规格，做到准确、合理、一丝不苟。合理安排运动量，并在数量和质量上严格要求。对训练的难度、变化和运用都应结合实战。重视集体训练、配合训练、对抗训练。把技术训练、战术训练、身体训练结合起来，技术训练要全面，使运动员具备能攻能守、灵活应用技术的能力。

11.2.2 位置技术训练

由于有位置分工，就产生位置技术，虽然比赛速度加快，对抗更加激烈，需要全面的技术，但仍然要以自己的位置技术为主。在训练中根据各种位置的技术特征进行不同的训练。对控球的运动员，加强巧妙的传接球训练，提高突破能力，突分传切能力和扩大视野的训练，以提高他的组织、指挥能力，他是球队的关键人物。左右内锋位于阵地进攻两腰45°处的重要位置，强有力的内锋攻击手，能有效地牵制防守，迫使守方扩大防区，有利于里外配合以及实施突破、传切、穿插、掩护等战术，为此内锋队员必须掌握9～10米甚至更远距离的射门得分能力，并掌握防守贴近时的各种脚步射门和战术配合能力。底线队员位于防守腹地，他必须密切观察球的动向，并及时了解控球队员的意图，与左右内锋保持联系，并抢占有利位置，做挡撤、掩护配合，随时准备在防守推、拉、抱、挤、压的干扰下，接同伴的配合传球，为外围和边锋创造射门机会，或进行难度极大的跨步或转身倒地射门。由于底线位置的特殊性，必须在有防守干扰的情况下，训练其提高传接球和倒地射门的能力。边锋位于两侧，其特点是活动范围受区域限制，射门角度小，切入后与守门员保持较近距离，为此，他必须掌握小角度近距离的射门技术，特别是跳起后，在空中停留的瞬间，判断守门员的站位，采用劲射、吊射、远近反弹等不同的射门方式，甚至可向里侧跳，拉大射门的角度或与外线队员配合打快板球等多种技术，同时他还承担着与守门员配合打反击快攻的任务。

11.2.3　对抗技术训练

由于手球运动的发展，比赛日趋激烈，对抗技术训练越来越重要。攻势防守，快速进攻，给攻防带来很大的困难。在比赛的过程中个人对抗能力极为重要，一支球队个人对抗能力强，就能争取主动，控制比赛的局面，为夺取胜利创造条件。

为了抓好个人攻防技术训练，在训练中广泛采用 1 对 1、2 对2、3 对 3 或以少打多、以少防多的对抗训练。在训练中要一手抓进攻，一手抓防守。在重点抓防守时，必须以锐利的进攻为前提；在抓进攻时，必须以坚固的防守为对立面。以攻促守，又以守促攻，使进攻技术和防守技术在训练中相互促进，平衡发展，不断提高。

11.2.4 各项技术之间的衔接训练

在手球比赛中，每一项技术的运用都不是孤立的，技术与技术之间是互相依存的。如：射门是最终目的，助跑、切入、跳起等技术是射门的准备或条件。进攻时，由于防守的干扰；防守时，由于进攻的变化，往往都须几项技术综合运用才能与对手周旋。这样，在训练中就应该注意各项技术之间的衔接训练。如接球跑动鱼跃倒地射门动作接球是获得射门机会的前提，跑动是为了摆脱和超越防守，鱼跃是射门的方法，倒地是缓冲的方式，每个环节都要协调地连接在一起，一气呵成。因此，必须重视各项技术之间的衔接训练。

11.2.5 "绝招"训练

现代手球运动中的明星球员都是技术全面，又有一定特长。他们既能在多个位置上拼杀，又能在自己习惯位置上发挥特长技术。如：韩国队的姜在源，他身高仅 1.83 米，但身体素质好，爆发力强，技术全面，又有极强的空中对抗能力，能在平均身高 1.90 米以上的防守面前，迅速跳起超手射门；一旦受阻亦能改变射门方式，打时间差或采用近身攻击手法，或从两侧侧身射门，或低手射门，或在有效吸引防守队员的夹击之后将球传出，造成以多打少的局面。姜在源的射门手法多，常令守方防不胜防。他的射门绝技使韩国队的进攻多姿多彩，在世界大赛中获得好评。又如：法国队的杰克逊·理查森（Jackson Richardson），他是"5∶1"攻势防守阵形中的突前队员，体能好，防守移动迅速，能及时有效地在中区与同伴配合，制止持球队员的攻击，或夹击抢断反击。他的防守绝技常使对手拿不出更好的对付方法，也使法国队的防守令人生畏，是法国队连续夺得世界锦标赛冠军的功臣。

11.3 战术训练

战术训练是使运动员有计划、有目的地行动，最大限度地发挥每个队员的积极作用，又使分散的个人形成有机的整体，从而有效地制约对方，掌握比赛的主动权。

战术训练是手球运动训练的重要组成部分。首先要树立起一个正确的指导思想，一位教练员要把自己的球队训练成什么样的战术风格，在战术训练中战术指导思想起着方向性的作用。

11.3.1 小组战术训练

在训练中，首先应练好小组战术。小组战术是全队战术的基础，是整体战术的局部配合。任何一套全队战术打法都由多个小组战术所组成。在小组战术基本掌握的前提下，再进行全队战术训练。特别是在现代手球比赛速度加快、对抗激烈的情况下，局部配合更显威力。如：攻击型防守，采用严密、紧贴、挤压式的方法，限制、破坏对方的进攻，迫使对方陷于被动，造成失误；进攻一方以快制快，采用交叉跑动、阻挡掩护、阻挡干扰、1对1的对抗等手段，摆脱防守寻找进攻的机会。无论是攻还是防，都表现出小组战术的作用和练好小组战术的必要性。

在小组战术配合训练时，一般先在消极防守条件下进行，逐步过渡到在积极防守的条件上练习。小组战术是指战术中某些特定位置上的配合方法，如守门员与后卫、后卫与边锋、控球与底线的配合等。练习的基本内容有传切、突分、交叉换位、掩护、策应、"关门"、夹击、补防配合等。在这些基本配合的基础上，可以设计多种默契的战术打法。但必须注意，小组战术要根据位置上运动员的技术特点来设计，在充分发挥队员特长的情况下，保持攻与守配合的协调发展和连续性。

11.3.2　全队战术训练

全队战术训练，是把各个小组战术训练的内容有机地组织在一起，使之成为全队统一的战术。全队战术训练时，要了解队形，移动路线，明确各位置配合的先后顺序，发动配合的时机、节奏，各配合之间的衔接、攻击点和变化的规律，对方可能采用的相应队形和方法等；同时也要注意全队战术的攻守平衡问题，做到有攻有守，攻守兼备。

11.3.3　各环节衔接训练

在战术训练中，还要特别注意各环节衔接的训练。每个环节组成一个战术的整体，衔接是整体战术的关键。各个环节衔接不好，就会失去进攻的机会，或者使自己防守被动，给对方造成进攻的机会。在训练中，重视对运动员战术意识的培养，提高技战术之间的衔接及其熟练运用的能力。

11.3.4　实战训练

实战训练是特别重要的一环，能在训练中体验比赛的激烈，运用已掌握的技战术以及心理状态的变化，逐渐适应比赛。实战训练，进攻与防守情景真切，训练双方队员敢于对抗、善于对抗的能力，以提高战术质量。同时，在训练中严格战术纪律，正确处理战术配合与个人攻击的关系，加强对抗情况下的战术训练，提高战术的应变能力。

在具体训练工作中，必须对运动员进行战术意识的培养。运动员战术意识的提高，对战术的掌握和运用，特别是灵活、创造性地运用战术起着至关重要的作用。因此，训练中不仅要让运动员掌握配合方法，更重要的是要使他们理解战术的意图，懂得战术运用的时机与技巧。在训练过程中，既要学习基本的攻防战术方法，又要研究、训练特殊的战术打法。战术的复杂性在于比赛的多变和随机性。一个球队在训练中应掌握足够数量和高质量的攻守战术方法才能适应比赛的需要。

11.4　身体训练

身体训练的目的是在一般身体训练的基础上，根据手球运动项目特点和比赛的要求，提高专项身体素质水平，不断提高运动成绩。身体训练不仅能防止伤病，延长运动寿命，还能培养运动员勇敢顽强、吃苦耐劳的优良意志品质。

11.4.1　一般身体素质训练

手球运动有奔跑、跳跃、投掷、鱼跃倒地、滚翻、劈跨、扑挡等多种基本技术动作，要求运动员有很高的身体素质水平，因此，应首先抓好运动员的力量、速度、耐力、灵敏、柔韧素质的全面训练，其中耐力和力量是一般身体素质训练的重点。

11.4.2 专项身体素质训练

手球比赛要求运动员在时间和空间上占据优势，取得主动，必须具有良好的反应速度、移动速度、速度耐力；以及身体力量、投掷力和良好的弹跳力；大幅度、激烈运动时的柔韧；掌握与运用高难技术的灵敏；长时间激烈对抗比赛的耐力等素质。为提高手球运动成绩，运动员必须在全面发展一般身体素质的基础上，突出发展专项身体素质。手球运动专项素质要以力量为重点，促进速度、耐力、灵敏、柔韧等全面素质的提高。

力量与爆发力——以提高爆发力为中心，发展四肢、腰、背、腹的力量。特别强化下肢的爆发力、弹跳力，上肢的投掷力，身体对抗力量的训练。速度耐力——以速度为中心，提高起动、加速、变向、往返冲刺的移动能力。灵敏与柔韧——以提高灵敏性为中心，发展肩、肘、腕和髋、膝关节的柔韧性，同时加强反应、视野的训练，为高难度技术的掌握与运用创造条件。

由于地域、人种的不同，其素质表现也不相同。亚洲的中国、日本、韩国的球员在速度、速度耐力、灵活性方面领先，而欧洲诸国球员的力量显得突出。因此，欧洲手球运动员身体素质训练把协调性训练放在首位，其次是速度、速度耐力，第三是快速的爆发力。现代手球运动员的身体素质不仅表现在单一素质方面，而是要具有良好的综合素质。

手球专项素质训练的内容是多种多样的，为了更有针对性和目的性的选择练习，一般把专项素质分为6类：跑跳滑步类，传球射门类，倒地类，对抗类，协调类，守门员类。采用：间歇训练法、重复训练法、循环训练法来进行身体训练。

11.4.3　身体训练应注意的问题

身体素质训练枯燥、单调，训练前必须调动运动员的积极性，提高兴奋性，做好充分的准备活动，训练后要放松，恢复到训练前的状态，以免产生疲劳。遵循超负荷训练、系统训练、个别对待训练、全面训练等原则。身体训练必须结合实战训练，根据手球项目、各位置以及运动员个人特点，提出不同的要求，采用各种与实战相近的手段进行训练，以适应手球比赛的需要。

11.5　心 理 训 练

手球比赛中运动员不仅体力消耗很大，而且也承受着巨大的心理压力。如果运动员没有很好的心理准备，就会在比赛中失常或失误，影响技战术的发挥。因此，手球训练在搞好技战术训练的同时，还要加强心理调控能力的训练。

手球运动员心理训练的主要任务是：培养运动员具有坚定的自信心、顽强的意志品质和稳定的情绪等各种心理品质，以提高适应比赛的能力；帮助运动员克服心理障碍，保证比赛顺利进行。其训练的内容有：树立自信心、培养手球意识、锻炼意志品质、集中注意力以及稳定情绪等。

11.5.1　自信心的树立

自信是优秀运动员的典型的心理特征。运动员的自信心是指个人从事某项运动所具有的信心与评价。由于手球运动是一项对抗强的集体运动项目，它具有快速、激烈、复杂、多变的特征，在训练与比赛的过程中，运动员要克服超过一般生理和心理的承受力，并经常受到成功与失败、胜与负、以及环境和社会的刺激，心理状态也易受到干扰。如果运动员自信心强就能在复杂的心理过程中正确评价自己的能力，使外界刺激的反应过程朝着积极的方向发展。

自信心与运动员的能力密切相关。体能好、技术全面、战术意识强或掌握攻防中某种特技，都可使运动员增强自信心。

教练员在训练过程中，不仅指导技战术，而且要经常指导运动员对自己能力的评估，合理地利用反馈和激励的技巧，使运动员经常有进步、成功的感觉，培养自信心。在训练和比赛顺利时，总结成功的原因以增强自信心。在训练困难或比赛失利的情况下，进行客观的评价与分析，吸取教训，有助于以积极的态度从失败的阴影中走出来，树立自信心。

11.5.2 手球意识的培养

手球意识指运动员对手球比赛攻守变化的规律系统的理解和掌握。手球意识的好坏往往与智力水平密切相关。运动员的手球意识主要表现在比赛中用脑筋用智慧打球，不断地分析、判断比赛场上情况，时刻明确个人处于不同情况、不同位置、不同场区的具体职责，包括所担负的任务、行动路线、与同伴配合的方式方法，以及配合的时机等。

在训练中，教练员仔细全面讲解、分析技战术的要点、作用、运用时机和方法，使运动员在理论方面和实际运用中加深对技战术的认识和理解。经常观摩比赛或看录像，进行战例分析，鼓励运动员积极地动脑筋参与讨论并发表意见，加深他们对战术的理解。采用心理演示法，演练即将到来的比赛，演练取胜的策略和抑制对手的方法，并进行反复的针对性的训练。在赛前的准备会上让运动员对双方的情况进行对比分析，群策群力制定合理的作战方案，并在比赛中运用。比赛结束后进行总结，逐渐积累经验教训，不断提高手球意识。

11.5.3　意志品质的训练

手球运动员必须具备顽强的意志品质。意志力是为了达到预定的目的，自觉地运用其智力和体力同困难作斗争的主观能动能力，同时也是意识的调节能力，表现为能节制自己行为的能力。

意志具有目的性、顽强性、果断性和自制性的特征。为了达到预期的目的，运动员要发挥最大的潜力、克服种种困难和障碍去实现它。在训练和比赛中，遇到困难或挫折时，运动员要有百折不挠，坚持不懈的顽强精神，排除各种干扰，在瞬息万变的比赛中，采取果断性的敏捷而正确的抉择和行动，实现预期的目的。

意志是一个人主观能动性的集中表现。在训练中，应有意识地让运动员去围绕着一定的目的或目标去克服一些困难和障碍，锻炼和培养优良的意志品质。但是训练或比赛的目标要适宜，太高或过低的目标不利于意志的培养。

11.5.4　注意力的培养

在完成动作、实施攻守配合时一名优秀运动员必须善于把握全场的局势及变化，善于洞察对手和同伴的行动意图，这些运动能力与运动员优良的注意品质——即较强的注意集中、较大的注意范围、较适宜的分配注意和适时的注意转移有十分密切的关系。

提高运动员的注意力，必须从基础训练开始，首先是学会观察，把注意力逐渐从球上转移到球场上，从狭窄的观察面扩展到较宽广的观察面。其次，在复杂的环境中，有意识地引导运动员分配注意力，调节比赛前的过度兴奋现象，或者在淡漠状态时集中注意力，以提高自我控制能力。

11.5.5 稳定情绪

在激烈对抗的比赛条件下，运动员要有很强的自制能力，才能在比赛中充分发挥自己的技战术水平。自制能力是以情绪稳定性为基础的，因此，在训练中应培养运动员的心理承受能力和善于控制自己的情绪，以便保持适宜的兴奋程度。

赛前往往会产生过分激动状态、淡漠状态、对比赛缺乏信心或盲目自信等一些不良情绪状态。这时应该有意识地改变表情动作，做不同节奏的呼吸练习，逐渐放松肌肉，用积极的正面语言暗示，改变和影响运动员不良的情绪。在比赛中遇到困难，不仅要自我激励，还要互相鼓励，提高士气，团结一致，共同克服困难，争取主动。顺利时要自我控制，不能放松，稳扎稳打，不断地扩大战果。

进行运动员情绪状态训练，要考虑运动员的个性特点，如他们的性格、气质、意志品质、情感特点等，以便取得更好的效果。

11.6 青少年手球运动训练

11.6.1 选材

手球运动员的选材是现代手球训练中的一个重要组成部

分，它在手球运动员培养中的地位越来越重要。目前世界手球强国都十分重视选材工作。

选材的目的是为了有效地培养高水平的手球运动员，因此，必须有一套科学的、严格的选材指标体系。根据手球运动的特点，其选材指标体系如下（表1）。

表1 手球运动员选材指标体系

一级指标	二级指标	权 重			
		后卫	边锋	中锋（卫）	守门员
身体形态（25~30）	身高	15	12	12	20
	掌距	15	15	15	10（指距）
基本技术（10~15）	手球掷准	4	3	4	3
	三角滑步	4	4	4	4
	曲线运球	3	3	3	3
	跑动传接球	4	5	4	4
身体素质（25~30）	30米跑	3	6	4	4
	100米跑	2	3	3	3
	280米往返跑	2	4	3	3
	立定跳远	2	4	3	5
	单脚三级跳远	3	4	4	4
	助跑摸高	3	4	4	5
	手球掷远	10	5	6	6
神经类型（8~12）	反应、兴奋性	4	4	4	8
	自控、适应能力	4	4	6	4

意识作风（18~22）	观察判断	3	3	4	3
	应变能力	3	2	4	1
	协同配合	3	2	4	1
	接受能力	3	3	3	3
	顽强拼搏	4	6	4	4
	认真训练	3	3	3	3
	组织纪律	3	3	3	3

（注：本表选自《上海体育运动技术学院招收运动员试行办法和标准要
求》，1985，10）

11.6.2　世界手球强国的青少年选手的培养

当今世界上的手球运动强国都十分重视青少年选手的培养
问题，他们有较为完备又具有各自特点的培养模式。

11.6.2.1　法国

法国通过各种途径来选拔和培训手球运动的后备力量。手
球协会在县和区里就开始进行筛选工作，一年内要组织多次县
和区的 C 年龄组（13～14 岁）手球周末活动，有一个技术委
员会专门负责在活动期间观察运动员，同时选择最具潜质的运
动员参加由各地区举办的各种手球训练营活动，由专职教练员
负责训练。B 年龄组（15～16 岁）青少年手球选手组成各地
区选拔队进行比赛。国家队教练员去观察他们之间的比赛并挑
选一些队员组建成国家青少年队。另外，法国的所有小学都正
式开设手球课，每一个地区都为初中和高中学生开设一个体育

学校。在那里每周都有 8 个学时的手球训练和打比赛。法国绝大多数的国家队队员都曾经在这种体育学校学习过。目前法国的一些手球俱乐部为青少年建造了一些训练中心,部分时间采用寄宿制。如果顺利的话,青少年到 18 岁时就有机会被选拔上参加甲级联赛。

11.6.2.2 俄罗斯

在俄罗斯,选拔和培养有天赋的手球运动员主要是通过学校,如体育学校、体育寄宿学校、手球班及其他形式的培训班。各体育学校组建的手球队在各地区内相互比赛,年龄稍大些,球艺提高后,参加全国性比赛。以此办法选拔并组建各种年龄组和各个地区的手球队。在俄罗斯,后备力量的选拔和培训都由国家提供经费和进行调控。俄罗斯手球协会只负责协调工作,他们与各学校的手球教练员保持着经常的联系和良好的合作关系。俄罗斯的训练计划是建立在较大的训练运动量基础上的,青少年手球运动员平均一周要训练 10 ～ 12 次。因此,这些年轻的手球运动员有较扎实的体能基础和技战术能力。

11.6.2.3 瑞典

瑞典在青少年中推行一套较全面的,同时又富有趣味性和游戏性的手球培训活动,其目标年龄组为小学 3 ～ 6 年级,其目标任务为让约 50% 的学龄儿童有机会接触手球运动。而在这些儿童中间,以后至少有一半的人将在各个俱乐部里继续打手球。瑞典手球协会拨出经费在小学组建 3000 个班级手球队。瑞典手球协会所制定的另一个重要培养措施是成立了手球学校。这样的手球学校可以说是文化学习和运动训练及比赛的最佳结合体。瑞典国家手球队的很多队员来自这样的手球学校。

11.6.2.4 埃及

在埃及，23个地区中每年每个地区都要挑选出100～150名青少年手球运动员，再由一个技术专家委员会根据埃及手球协会的要求从这些青少年中挑选出25名尖子队员。要求其中包括例如必须有5名左撇子队员，5名高大队员等。这些后备力量队员由1名专职教练员负责训练工作并组成该地区的青少年手球代表队。从这23个地区代表队中组建成7个大区代表队。然后再从这7个大区代表队中进行筛选，直至最后确定国家青少年代表队。埃及手球协会对青少年手球比赛作了一些特殊的规定，如在防守中必须采用攻势防守打法，规定一定时间的盯人打法等。由左撇子队员射进的球和在9米区范围以外射进的球都计2球。如果1名教练员选拔并培养了1名左撇子队员或者1名高大队员，给以一定的奖励。埃及也设立体育学校，课程中也包括手球运动。埃及手球协会对这些学校的训练大纲和教练员的培训进行指导。通过组织18～20岁年龄组的青少年联赛，使他们比较顺利地转入成人手球比赛。埃及手球甲级和乙级联赛的俱乐部都必须成立青年队。各俱乐部的成绩必须和青年队的成绩一起计算。国家青年队也参加甲级联赛。

11.6.2.5 德国

在德国，首先由各州的手球协会负责后备力量选材和培训的日常工作。在县区一级组织各种青少年（12岁、13岁）的手球活动。其中表现出色的青少年运动员会被安排到县或区内的训练基地进行训练。随后由州手球协会从中挑选优秀的队员组成州代表队。各州手球协会的代表队在各大区内分别组织比赛。德国手球协会在青少年 B 组（15～16 岁）的运动员中再选拔约 40 名男女手球运动员，通过学习班形式和在训练基地培训等措施进一步培养。近年，德国的俱乐部也兴办了手球寄宿学校，希望以此培养更多的俱乐部后备力量。

11.6.3　训练阶段的划分及训练纲要

目前，大多数国家青少年开始手球训练的年龄在 10 岁左右，在 18～20 岁开始发挥出很高的竞技水平。也就是说，一名高水平手球运动员的培养大约要 10 年时间，一般要经历以下几个阶段：基础训练阶段（12 岁前），专门训练初级阶段（12～14 岁），进一步训练阶段（14～16 岁）和技术水平完善阶段（16 岁起）。在基础训练阶段，小运动员无论是在训练还是比赛时，都应担当各种不同的角色。而在专门训练初始阶段要将队员在队中所担负的角色进行划分，但由于专门训练初始阶段有球训练时间不多，并且还是以运动员全面发展为主，所以运动员并未能充分体现其运动场上的角色倾向性，只有在近 14 岁时一线和二线进攻队员的特点才能完全显示出来。进一步专门训练阶段时有明确的角色划分，根据场上不同角色的要求，对队员进行有针对性的训练。少年运动员在这个阶段应该达到一定的运动水平，然后顺利地承受专业成年队的训练负荷，进入运动水平完善阶段。此时不仅仅针对场上担任的角色进行训练，还必须进行大量有针对性的个人训练。

对不同年龄、不同层次青少年进行手球训练的纲要如下：

- 8～10 岁：有球、无球的游戏，教学或比赛性游戏。
- 11～13 岁：基本技战术训练，用简化规则打比赛，

80%的一般性身体训练和20%的专项身体训练。

● 12～14岁：对于进展慢的少年，以手球个人技战术多方面训练为重点，50%的一般性身体训练和50%的专项身体训练。而对于进展快的少年，以针对场上某一位置的专项技术训练为重点，进行两人一组的简单战术配合（交叉换位、防守等等）训练、一般性专项身体训练。

● 14～16岁：进行场上某一位置的专门性训练，手球基本技术的熟练性训练，学习专项运动理论（规则、卫生学、营养学等等）。

● 16～18岁：参加手球比赛时技战术运用的深入训练，30%的一般性身体训练和70%的专项身体训练。可以按高水平运动员的模式进行训练。

11.7 赛前和比赛期间的训练安排

11.7.1 赛前的训练安排

赛前2～3周的训练安排至关重要。若前一阶段月负荷量大，则在此阶段采用逐渐减少周量的方案。如果前一阶段负荷量不大，则应使负荷量在小周期之间呈规律性的波动。在技战术方面，应强化位置技术、特殊技术以及2～3人的小组配合训练，并要有适度的运动量。

比赛前2～3周的训练内容侧重于战术训练，但仍要安排适量的身体训练及技术训练内容。训练中除增加练习比赛的次数外，每周的后半段安排一定次数的训练比赛。位置射门、罚7米球、守门员技术、任意球战术是比赛期间训练的主要内容，需经常穿插安排于各次训练课之中。

赛前必须广泛搜集参赛队的信息、资料，找出关键问题及时与队员沟通，让队员知己知彼。在组织全队战术训练及练习比赛时，主力阵容与非主力阵容分开也可组成两种类型的阵容，但要有针对性。分队比赛模拟性要强，实战中要经常替换队员，使替补队员与主力阵容能默契配合，以适应正式比赛的需要。训练比赛应邀请水平相当的球队作为对手。每次训练比赛可提出技术指标和比分指标。赛后组织全队观看比赛录像并进行分析与总结。

11.7.2　比赛期间的训练安排

　　根据大会安排，充分利用时间和场地进行适度负荷量的训练。比赛期间训练课时间不宜太长，一般为 90 分钟左右。训练内容除传接球、位置射门、罚 7 米球外，大多安排有针对性的战术训练。

12. 守门员

12.1 守门员位置的特殊性和重要性

手球比赛激烈对抗区域在球门区前沿。进攻队员千方百计地寻找一切机会把球射入门内；防守队员竭尽全力地阻扰、破坏、限制进攻队员射门。守门员是防守一方最后一道防线，球门区是他独有的活动范围，其任务是守住球门。守门员是绝对重要的关键位置。

守门员处在本队的最后位置，便于观察和分析全场攻守情况，往往还是本队防守的组织者、协调者。

守门员也是进攻的发动者，特别是得球后及时准确的发动反击，反击快攻的成功率不断提高，也是比赛得分的主要手段之一。

守门员技术的好与坏，直接影响着比赛的胜负和全队的士气。优秀的守门员是球队取胜的重要人物，会使全队增强信心。

12.2 守门员应具备的条件

守门员的位置职能，决定了他与场上其他队员在技术、战术、心理和活动方式等方面有很大的不同。因为场地比足球场小，比赛激烈，攻防转换快，守门员始终保持紧张状态，特别是在本方球门区前，思想要高度集中，成败与自己密切相关，所以守门员在心理上承受的压力要比其他队员大得多，做一名守门员应具备以下条件：

- 在技术上，必须掌握跨、劈、挡、扑、摔、掷全面熟练的运动技巧。
- 在战术上，必须具备观察和判断能力，能判断比赛的进程，正确选择自己的位置进行防守或助攻。
- 身体素质方面，除一般素质以外，敏捷、柔韧、力量是保障守门员技术发挥的重要因素。
- 心理方面，必须具有勇敢、顽强、沉着、果断的意志品质。

12.3 守门员技术

守门员主要的技术是挡球和掷球。要做好挡球和掷球，首先必须正确地选择位置，同时保持良好的准备姿势和快速合理的移动。

12.3.1 积极的准备姿势

比赛中，守门员要随时准备挡住向球门射来的球，准备姿势正确与否，对能在瞬间迅速而准确地做出挡球动作有直接的关系。

准备姿势：两脚自然开立与肩同宽，两膝微屈，上体保持正直，身体重心落在两前脚掌上，两臂自然弯曲置于头侧，手心对着球的方向，两眼注视来球。如果球在小角度位置上，身体基本保持直立姿势，靠近门柱，两臂弯曲向上举起（图81）。

图 81　守门员准备姿势

12.3.2　快速灵活的移动技术

移动路线的正确与否和移动速度的快慢，直接影响着球的得失，守门员在球门线前根据场上情况、自己所站的位置和球的方向，采用滑、跳、上、跨、劈等方法，移动路线是多变的。

●滑步：动作方法与要点均同防守技术的左右滑步。

●跳步：多用于守门员正面迎前防守，借以缩短与持球队员的距离，增大封挡角度，并便于衔接其他动作。

●上步：多用于守门员迎前封挡射门球和小角度上步挡球时。

●跨步：当射来的球偏于身体一侧时，为对正来球方向或缩短与球的距离，常采用跨步的方法以保证挡球的成功。

●劈叉：当射来的球偏于身体一侧时，为对正来球方向或缩短与球的距离，而用跨步的方法却还不能挡住球时，采用跳滑劈叉的动作扑挡射来的球。

12.3.3 立体多维的挡球

挡球是守门员的主要防守技术。现代手球的射门技术方法多，出手隐蔽，进攻队员又常常跃入球门区上空进行射门，距离近，球速快，射角刁。采用接球的方法进行防守是有困难的，守门员多采用挡球的方法，根据来球的不同高度，挡球分为：手挡球、脚挡球、手脚并用挡球和扑挡球（图82）。

图 82　立体多维的挡球

12.3.3.1　手挡球

有双手挡球和单手挡球两种。双手挡球用于挡正面射来的高于头部的球或离身体较近的球。双手挡球的面积大，把握性强。单手挡球用手挡偏离身体较远的两侧高球或低球。它的优点是动作灵活，速度快，防守范围较大，但没有双手挡球稳妥。

• 双手挡球

挡高球：两臂向前上方伸出，两手靠拢，五指自然张开，掌心对准来球方向，在手接触球的一刹那，前臂迅速后引，手臂紧张用力下压将球挡于身前，并迅速拾起准备发动快攻。

挡低球：屈膝降低身体重心，两臂下垂，手指向下，两手小指靠拢，掌心向前，接触球时，以向后缓冲的动作将球挡在身前。

挡面部高度球：两臂迎球伸出，两手靠拢，掌心对准来球，接触球时，手腕紧张用力，并迅速屈臂缓冲球的力量，使球挡落在身前。如果来球速度快，部位高，就应采取双手托球的方法，使球改变飞行的方向。托球时，手腕紧张，略向上翻，顺势将球托出球门外。

• 单手挡球

挡球手臂向来球方向迅速伸出，五指自然张开，掌心对准来球，手触球的一刹那，前臂、手腕紧张用力，内旋下压将球挡落在球门区内（图83）。对射向球门上角的高球可采用托球的方法。托球时（以向左侧为例），右脚掌内侧用力蹬地（也可双脚蹬地），左脚向左跨出，髋上提，身体充分伸展，左臂取捷径迅速向来球方向伸出，手腕略向上翻转，将球托出球门线外。

图 83　单手挡球

● 前臂挡球

用前臂内侧对准球，肘关节微屈，前臂肌肉保持紧张，用腕关节以上部位触球，前臂接触球时，稍向后引，同时前臂内旋，将球挡落在球门区内（图84）。

图 84　前臂挡球

● 双臂挡球

小角度射门时，往往出现将球射向守门员面部的情况，这时守门员的两臂应迅速并拢置于面前迎球，两前臂之间的距离小于球体，用两前臂的外侧挡球。

● 单手撩两侧高球

以撩右侧高球为例，左脚掌内侧用力蹬地，右脚向右侧前方跨出，重心右移，上体伸展，右臂向体侧伸出，并迅速向上挥撩，在体侧形成一个扇形的防守面，上臂与肩平行时，停止摆动，屈肘，前臂摆至耳侧（图85）。

图 85　单手撩两侧高球

技、战术与训练

12.3.3.2　脚挡球

以右脚为例，左脚掌内侧用力蹬地，右脚向来球方向伸出，脚尖外转，以脚内侧部位对准球，用小腿内侧或脚内侧挡球。在脚伸出挡球时，髋外展，右膝屈曲，身体重心移向右腿。出脚时应贴近地面，不要抬腿，以免踩球或漏球（图 86）。

图 86　脚挡球

12.3.3.3　手脚并用挡球

向右侧挡球（图 87），左脚掌内侧用力蹬地右腿向右跨出成弓步，右脚跨出的同时，上体向右侧倒，右手五指分开，掌心向前，取捷径伸至右下方与右脚配合挡球。为了加大挡球的面积，也可双手同时伸向右下方，利用手脚的配合将球

图 87　侧挡球

挡住（图 88），如果球离身体过远，可以采用劈叉挡球的方法（图 89）。

图 88　手脚配合挡球

图 89　劈叉挡球

12.3.3.4　扑挡球

当进攻队员跃入球门区射门或倒地射门时，由于距离近，守门员难于判断球的方位，不易做出合理的反应，因此采用向前扑挡的方法，以缩小或封死射门角度。正面扑挡球分单侧扑挡球和两侧扑挡球。

●单侧扑挡球

当发现进攻者向右侧射门时，左脚用力蹬地，右腿屈膝向右侧上方提起，右臂同时向右侧伸出，并快速向下挥摆与右脚并拢，手臂保持紧张用力（图 90）。

●两侧扑挡球

动作方法：迎着射门队员移动，扑挡时，两脚用力蹬地跳起，两腿屈膝向左右两侧踢出，跳起的同时，两臂由腹前经左右两侧快速向上挥摆。从整个动作分解来看，下肢像体操的分腿腾越，上体与手臂像蝶泳划水后的跃起动作一样（图 91）。

图 90　单侧扑挡球

图 91　两侧扑挡球

12.3.3.5　防小角度射门

　　小角度射门时，虽然角度小，但距离近，守门员要具有勇敢的精神，沉着冷静的头脑，站位于近侧球门柱的前方，以能封住对方射门近侧角为原则。挡远侧高球时，靠近球门柱一侧的脚内侧用力蹬地，身体向来球方向积极伸展双手靠拢，伸向来球路线（也可单手），将球挡落在球门区内。挡远侧平球时，左脚积极蹬地，右腿迅速屈膝抬起于腰部高度，同时右手（或双手）伸到膝关节上方配合挡球（切忌抬腿过早）。如果持球队员已经争取了较大的角度，守门员应移动到来球路线上挡球。挡远侧低球的技术基本与手脚配合挡球相同，只是动作的幅度小些。

12.3.3.6 防罚 7 米球

防罚 7 米球是守门员单独面对罚 7 米球的运动员，要防住罚 7 米球是困难的，但也决不是不可能的。这需要守门员的勇敢精神、准确的判断和闪电般的挡球动作来争取成功。

通常的站位是靠近球门，以保持与射手的最长距离，给自己做出反应动作尽可能地争取到时间或空间（哪怕是微细）的有利因素。要避免上对方假动作的当而过早行动。

另一种防守是接近罚球队员，最好的站位在球门线前面2.5～3.5 米（限制线后）之间，两脚分开距离不要太大，手臂放松置于体侧快速伸挡或上下扇形挥摆。这种站位封挡射门的范围大，防头顶球、左右上角球、左右下角球，使罚球手难以看到和选择合适的射门点，而产生心理上的紧张，但对高吊球和低平球的防守增加了难度。

出击站位可以在罚球前就站好，也可以在鸣哨后，射手引球出手前，用小步快走或跳跃靠近对手。这种突然的迎前封挡，有时会使射手临时改变射门路线而失去准确性。这种出击迎前防守，对付用倒地射门来罚球的队员是比较有效的。

12.3.4　巧妙力大的掷球

　　守门员接到球后，把球传给最有利位置上的同伴，经常采用的是垫步或交叉步肩上传球方法。传球时，身体重心要平稳，引臂幅度不应太大，靠前臂和手腕的力量将球传出，传出的球要有速度，球的飞行弧度大小决定于防守队员追防情况，他与接球队员距离近时，弧度与提前量稍大。反之则应小。但是无论如何，守门员传球时都应控制好球的落点。

12.4　守门员战术

　　在比赛中，根据对手射门距离的远近、射门角度、射门方法等因素决定守门员的战术。一个战术意识较强的守门员，能合理地运用技术，依靠个人的努力和同伴的密切配合完成全队防守的任务。

12.4.1　位置选择

　　进攻队员和球在场上不停地变换位置，守门员也要相应地选择站位，用快速灵活的脚步，使自己处在正确的防守位置。移动路线的正确与否和移动速度的快慢，直接影响防守的成功，守门员应根据场上情况和球的方向，选择自己的位置。
　　守门员的位置应始终处在球与两球门柱所形成夹角的分角线上（与场上队员配合时除外）（图92）。

12.4.2　控制球门区

　　守门员除了防守好球门外，还要以最大活动范围控制整个球门区。两眼要始终注视着对方手中的球，根据场上情况向左

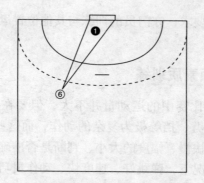

图 92　守门员位置选择

或向右弧形移动。或与后卫密切配合，迎前封堵射门的队员。

12.4.3　组织指挥防守

　　守门员应在密切注视对方进攻过程的同时，也注意观察自己同伴行动，经常通过呼喊来组织和指挥防守。这种呼喊，对巩固防守、鼓舞士气都是至关重要的。

12.4.4　发动进攻

　　守门员控制球之后，是进攻的发动者。比赛实践证明，大部分的长传快攻都是由守门员发动的。守门员还可以通过后卫发动短传快攻。守门员接到球后，要把球传给最有利位置上的同伴，应以快速、准确、安全为前提。

12.5　守门员训练

　　由于守门员位置的特殊性和重要性以及他独特的技术、战术和身体素质要求，守门员的训练与其他位置运动员的训练也不相同。

12.5.1 专项素质训练

守门员在比赛中的运动量并不大，但要在瞬间反复地做跨、跳、伸、劈、挡等极为复杂的动作，而这些动作的成效，取决于速度的快慢、幅度的大小、判断是否准确、协调性的好坏。在一般情况下，弹跳好、速度快、动作灵巧、柔韧性好的守门员，成功率比较高。因此，为提高守门员的技术水平，除进行一般身体素质训练外，还必须进行灵敏、柔韧和力量专项素质训练。

12.5.2 专项技术训练

守门员的主要技术是：移动、挡球、传接球。对守门员需要进行专门的技术训练，通过专项技术训练使守门员全面熟练地掌握移动、挡球、传接球的技术及其运用技巧。

采用综合多球大强度的训练方法，训练守门员的反应能力、快速灵巧移动能力、立体多维的扑挡球能力。如：用30～40个网球（或多个手球），守门员站在球门前，保持6～7米的距离（可根据不同的要求拉长或缩短距离）。抛出左右上角、左右下角、中路、小角度、远近等有一定难度的球，并结合假动作进行训练，要求守门员根据球的远近、高低和角度的大小，做出相应的上、下、左、右、前、后的跨、跳、伸、劈、挡、扑、摔等动作，要求做到判断准确、动作幅度大、速度快，力求达到最大强度。

此外，进行各种不同距离的掷准训练，可使守门员掌握过硬的长传技术，为比赛中的反击做技术准备。

12.5.3　战术训练

随着手球运动的发展，比赛速度的加快，反击快攻的得分率不断提高，守门员的战术训练更显重要。训练守门员在紧张的比赛中，不仅有"把关"守门、防守阻截的能力，而且有组织进攻的能力。

首先，训练守门员的战术意识，使其了解各种战术的规律，比赛时所使用战术的意图。

第二，训练守门员观察、分析、判断能力。守门员处在本队的最后位置，便于观察和分析全场攻守情况，培养守门员善于思考问题、发现问题和解决问题的能力。根据场上情况，正确选择自己的位置，与同伴进行防守。当对方发动一传快攻时，守门员可出球门区，充当阻击手，破坏对方进攻，起到攻击性防守的作用。

第三，训练守门员的进攻组织能力。如守门员扑救出对手射来的球后，便立即发动快攻，及时有效地通过长传和短传的形式，把球传给前锋队员，发动一传快攻和追击快攻，成为进攻的组织者。

12.5.4　心理训练

守门员的任务是守住大门，责任重大，心理压力也大。守门员心理状态是否稳定直接影响技战术的发挥和球队的胜败。

在训练中必须培养守门员的自信心，集中注意力、自我控制和排除干扰的能力，及善于学习和总结的能力。使守门员具有旺盛的斗志，强烈的求战欲望和敢于拼搏、不怕球砸、不怕失败的勇气，始终保持稳定的情绪，正常发挥技战术水平，认真总结、积累、丰富比赛经验，以求不断提高。

技、战术与训练

13. 教练员的谋略与临场指挥

13.1 教练员的谋略

在当今的竞技体育中，教练员的谋略和运筹十分重要，它不仅体现在临场指挥上，还体现在训练的指导思想、训练方针、资料信息搜集、对对手的分析，以及对手球运动规律、比赛规则、规程的理解和应用上。教练员能否把握比赛规律，做到知己知彼，用辩证的观点，制定出符合实际的战略决策和比赛方案，从而在比赛中机智灵活、出奇制胜地争得优势和主动，并赢得比赛的胜利。

韩国手球在 20 世纪 80 年代中后期迅速崛起。他们经过一番调查研究，找到了突破方向，确立了指导思想，并在训练上狠下了工夫。韩国教练深知欧洲强队身材高大、阵地配合默契，在 8~9 米范围内的大力超手远射极具攻击力，身材较矮的韩国队要在比赛中有所作为，只有大胆地采用 3∶2∶1 或 3∶3 的攻势防守，紧迫贴身，夹击抢断，扩大防区，以小打大，变被动为主动的辩证指导思想和临场表现，使欧洲强队在汉城奥运会上大吃苦头。韩国教练在临场指挥上表现出的大将风度，给人留下深刻印象。其实这和教练员长期的正确谋略是分不开的。

客观地说比赛的胜负有赖于比赛双方运动员的思想作风和实力。作风顽强、实力雄厚的队，必然占有优势，取得主动。然而在实战中，弱队战胜强队也是常有的事。其条件之一便是教练员谋略的正确。

正确的谋略是取得成功的法宝。手球比赛中谋略的运筹是建立在对比赛规律的全面掌握和深刻理解、对手球发展趋势的认识，以及平时艰苦的训练和成功与失败的经验教训积累的基础之上的。从比赛的实际出发，把谋略的运用贯穿于战略、战术实践的全过程，才能使谋略成为制胜的力量。

13.2　教练员的临场指挥

教练员临场指挥的优劣与他对手球比赛规律的认识，对战局全面的分析，平时的训练以及他的谋略和指挥能力密切相关。

临场指挥是一门艺术，比赛双方既对立又统一，整个 60 分钟的比赛始终充满着矛盾，这就要求教练员要善于把握决定比赛胜负的主要因素——运动员的思想、心理、素质、技术、战术等，进行认真探索，周密的思考、科学预见，要善于抓住主要矛盾，发现问题，化解矛盾，解决问题。

赛场上的矛盾随时在发生也随时在转化和消失，教练员必须随时保持清醒的头脑，并随时捕捉战机，变换作战方案，调动队员付诸行动。一名教练员要解决好临场比赛中主观和客观存在的矛盾，必须机动灵活地应用各种手段和方法，审时度势，指挥队伍果断行动，解决问题，把握比赛的主动权。

13.2.1 临场指挥的一般规律

13.2.1.1 开局、中间和决战阶段

●**开局阶段** 从广义上讲泛指上下半场的开局阶段。主要特点是比赛双方事先都有一套经过周密思考而制定的作战方案，在正常的情况下，比赛双方都按计划行事，但细心的教练员，只需几分钟短暂的接触和试探，便可大致了解对手的技术特点和战术安排，从而坚持或调整自己的方案，采取有针对性的措施，把握场上主动权。

●**中间阶段** 这是全场攻防变化频繁的阶段，其特点是持续时间长，赛场起伏变化大。在这个阶段中，教练员的主要任务是根据双方攻防变化的需要，及时调整计划，机动灵活地应用战术，调整阵容配备力量，掌握攻防节奏。领先时，鼓励队员抓住时机、努力战斗、扩大战果；失利时，采取有效的措施，抓住关键问题，扭转战局，力求转危为安。这对教练员来说是最紧张的阶段，教练员应时刻保持冷静的头脑，审时度势，力争主动。

●**结束比赛前的决战阶段** 每当比赛结束之前，双方队员、教练对场上比分都十分关注。领先的一方要乘胜追击，扩大战果，争取最后的胜利；而落后的一方则全力以赴，力争扭转形势，挽回败局；倘若两队实力相当，比分接近，交叉上升，形成拉锯状态时，就更显比赛紧张，情况复杂，气氛活跃。面临这种关键时刻，教练员最重要的是保持清醒头脑，有条不紊地分析和处理问题，既要注意稳住情绪，不受客观因素的影响，又要坚定信心，随时捕捉战机，采取有力的措施去赢得或巩固比赛的胜利……反败为胜。

总之，教练员一定要把握临场比赛各个阶段的规律，并事先有所准备，以免临场慌乱。从形式上可分为三个阶段，然而它们又都是紧密相连的完整过程。

13.2.1.2　临赛前、比赛后

　　● **临赛前**　比赛双方一般都要早于开赛时间 45 分钟到达场地，一则熟悉环境，适应场地；二则让运动员的思想和心理尽早进入比赛状态；三则可让运动员进行必要的适应性活动，以便具有较好的竞技状态；四则主教练观察和了解对手活动情况，思考即将来临的比赛。

　　● **比赛后**　全场比赛结束时，也是运动员思想活动最为活跃的时刻，是胜是负是平都见分晓。胜队自然欢呼雀跃、欣喜若狂，如果不是最后一场比赛，教练员在向对手和裁判致谢之后，应把自己和队员的思想转移到下一个对手身上。负队的队员自然心情压抑、沉闷，无可奈何，也会产生各种埋怨情绪，教练员应以身作则，稳定情绪，引导运动员正确对待。如果出现平局，按赛制规定如需要加时赛时，应立即动员、部署，集中思想投入新的决战，并在战略战术上采取必要的措施，夺取最后的胜利。

13.2.2　执行临场指挥的措施

　　手球比赛过程中，教练员只能在上下半场各暂停一次，换人不受次数限制，也不必通过裁判和记录台，临场指挥的很多信息是通过换人、中场休息和信号联系来进行的。

13.2.2.1　换人

　　换人是手球教练员作为临场指挥的重要手段。组织攻防战

术、控制比赛节奏、变换阵容、调配力量等都可以通过换人的方式来解决，因此教练员把握时机，正确运用换人战术对比赛的发展变化和胜负都有重要作用。换人应根据本队战术需要进行。

13.2.2.2 中场 10 分钟休息

上半场比赛结束后，教练员应该注意让上场比赛的主力队员得到较好休息，让主要的替补队员进场活动。教练员在听取意见，群策群力地总结上半时比赛得失，确定下半时比赛对策、布局、上场队员、明确上场队员的任务，鼓舞斗志，提高士气。

中场 10 分钟休息是承上启下的关键时刻，是运动员休息的良机，也是教练员修改和部署新方案、实施临场指挥的好机会。其特点是时间短、问题多、任务重，教练员应抓住关键问题，简明扼要地解决好技术和战术上的问题，同时也要教育队员胜不骄、败不馁，全力以赴地投入下半时比赛。

13.2.2.3 信号联系

充分利用第二信号系统——语言，利用人的思维能力、视觉、感官等多种渠道进行临场指挥。如：通过语言和场上队长、守门员或其他队员进行简要对话联系指挥比赛，或用事先约定的和训练过的暗号、手势，进行战术配合的变化和人员的调配。使用信号联系应注意简明扼要。

13.2.3 总结

每场比赛、每一阶段比赛、每个赛季比赛、每次重大比赛都必须进行总结，以利于提高教练员的指挥艺术，培养和提高运动员的战术意识、思维能力和实战能力。总结有会议讨论形式和书面形式。

　　总结会要认真回顾比赛过程，仔细分析实战中出现的问题，检查比赛方案执行情况、比赛双方实力对比和临场情况变化，并从中找出规律性的问题，使感性认识提高到理性认识，积累经验，有利于以后的比赛和训练。

竞赛与成绩

14. 现行比赛制度与成绩计算方法

14.1 比赛制度

国内外手球重大比赛一般采用的是分组循环赛和淘汰赛的混合赛制。把参赛队分成若干小组,各小组先进行单循环比赛,按积分决定小组名次后,再按规程规定进行排名淘汰赛,最后决出比赛名次。

14.2 比赛成绩的计算方法

• 球队的名次要按照胜负记录的积分来定。胜一场得 2 分,负一场得 0 分。积分多者名次列前。

• 若两队积分相等,则以两队之间比赛的成绩排列名次。胜队名次列前,负队名次列后。

• 如两个以上的队积分相等,则以这几个积分相等队之间的比赛成绩排列名次;如仍相等,则按他们之间比赛的得失分排列名次。

• 无论采用哪一种排列名次的方法,都应由竞赛委员会事先确定,并在竞赛规程里写明。

15. 手球竞赛规则

15.1 比赛场地

比赛场地长 40 米，宽 20 米，由两个球门区和一个比赛场区组成。长界线称边线，短界线称球门线（球门柱之间）或外球门线（球门的两侧）。

球门位于各自外球门线的中央。球门必须牢固地置于地面或球门后的墙上。球门内径高 2 米，宽 3 米。

球门立柱由一根横梁相连。球门立柱和横梁的截面为 8 厘米×8 厘米，从场地上能够看到的三个面必须由对比鲜明的两种颜色漆成与背景有明显区别的相间色带。

球门应缚挂一张网，以使掷入球门的球不会立即弹回。网孔为 5 厘米×5 厘米。

场内包括球门区线、任意球线、7 米线、守门员限制线、中线、换人区线等主要线段。场上的线均属于他们各自界定的场区的一部分。球门立柱间的球门线应为 8 厘米宽，所有其他线均为 5 厘米宽。

球门区位于球门前面。球门区以球门区线为界。球门区线在球门正前方，距球门线 6 米并与球门线平行处画一条 3 米长的线段；以球门柱外沿内侧角为圆心，以 6 米为半径画出两条

90° 弧线与 3 米线段两端和球门线相接。

任意线（9 米线）是一条虚线，距离球门区线 3 米并与之平行，每线段及线段间的距离均为 15 厘米。任意线又称 9 米线。

7 米线长 1 米，位于球门正前方，距离球门线 7 米并与之平行。7 米线也称罚球线。

守门员限制线长 15 厘米，位于球门正前方，距离球门线 4 米并与之平行。守门员限制线又称 4 米限制线。

连接两条边线中点的线为中线。

各队的换人区线（边线的一部分）位于中线两侧，靠近记录台。从中线至距离中线 4.5 米处，在该处画一与中线平行的短线，由边线伸向场内和场外各 15 厘米（图 93）。

15.2 比赛时间

16 岁和 16 岁以上球队的比赛时间均为两个 30 分钟，中间休息 10 分钟。

12～16 岁青少年队的比赛时间为两个 25 分钟，8～12 岁少年队的比赛时间为两个 20 分钟，中间休息 10 分钟。

如果在正常比赛时间结束时双方打成平局，而竞赛规程又要求必须决出胜方，则在休息 5 分钟后进行决胜期的比赛。决胜期由两个 5 分钟组成，中间休息 1 分钟（双方交换场地）。

15.3 球

不同级别球队所用球的圆周长和重量如下：

3 号，58～60 厘米，425～475 克，为男子和男子青年队用球（16 岁以上）；

竞赛与成绩

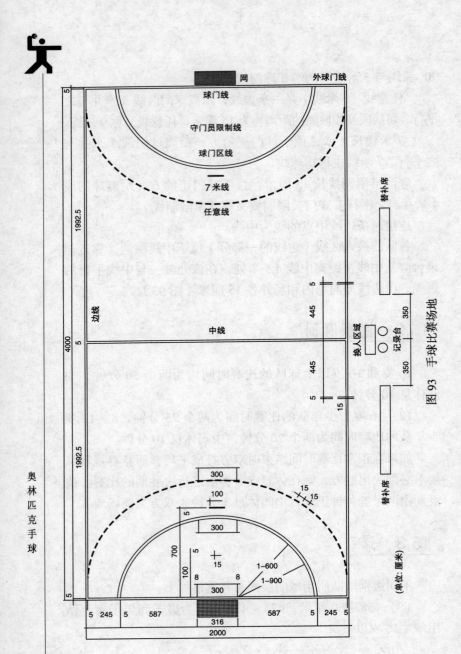

（单位：厘米）

图 93 手球比赛场地

网　外球门线
球门线
守门员限制线
球门区线
7米线
任意线

替补席
换人区域
记录台
替补席

边线
中线

2号，54～56厘米，325～375克，为女子和女子青年（14岁以上）及男少年用球（12～16岁）；

1号，50～52厘米，重290～330克，为女子青少年队（8～12岁）和男子少年队用球（8～14岁）。

15.4 球队

一个队最多由12名队员组成。同时上场的队员人数不得超过7人，其他队员为替补队员。场上必须自始至终有1名守门员。比赛开始时，每队上场队员不得少于5人。即使某队的场上队员人数减至5人以下，比赛仍可继续进行。只有裁判员有权决定是否以及何时终止比赛。

15.5 换人

手球比赛过程中可以随时换人，不需通过裁判员，但必须通过本方换人区换人。队员应遵守先出后进的规定。如发生换人违例，由对方在换人违例地点掷任意球，并应判罚违例队员出场2分钟。守门员替换场上队员，或场上队员替换守门员，都必须更换相应的服装。

15.6 守门员

守门员在球门区内可用身体任何部位接触球。不持球可以出区并在比赛场区内参加比赛，但要遵守场上队员的规则。如果未能控制住球，可以随球离开球门区并在比赛场区继续触球。

守门员在防守时不允许危及对方；不允许持球出区；在球

门区内也不允许接触球门区外地面上静止或滚动的球，或将球拿进球门区内；不允许用脚或膝关节以下部位触击停留在球门区内或正向比赛场区滚动球；对方掷 7 米球未出手前不允许越过 4 米限制线或其两侧延长线。

15.7　球门区

球门区是守门员的活动范围，攻守双方的其他队员都不能触及该区（包括球门区线在内），进攻队员射门时，脚踏线或进入该区内，就要判为侵区违例，由对方掷任意球。如果防守队员抱有明显的防御目的进入此区内防守对方射门队员，破坏了对方的明显得分机会，则罚 7 米球。球门区的球属于守门员，其他队员都不能触及球门区内静止或滚动的球，但双方都可以接触球门区上空的球。

15.8　接触球，消极比赛

允许队员用手（张开或并拢）、臂、头、躯干、大腿和膝部去掷球、接球、停球、推球或击球；持球不得超过 3 秒，持球走不得超过 3 步。

不允许在没有任何明显的进攻或射门意图的情况下，保持本队对球的控制。这被视为消极比赛，并应判由对方掷任意球。在中断比赛时球所在的地点掷任意球。

15.9　犯规与非体育道德行为

允许队员：用手臂和手去封或获得球；用张开的单手从任

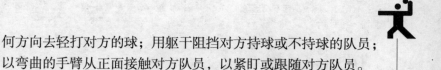

何方向去轻打对方的球；用躯干阻挡对方持球或不持球的队员；以弯曲的手臂从正面接触对方队员，以紧盯或跟随对方队员。

不允许队员：抢夺或打击对方手中的球；用臂、手或腿去阻挡或挤对方；拉、抱、推、跑或跳起来撞对方；以违反规则的方式去干扰、阻挡或危及对方持球或不持球的队员。

犯规行为：主要或专门针对对手而不是球的行为，将受到升级处罚。

与良好的体育运动精神相悖的动作或语言均被视为非体育道德行为，这适用于场上场下的所有队员和官员，也将受到升级处罚。

15.10　得分

当整个球体越过球门线而进入球门（图 94），即得 1 分。如果防守队员违犯规则，但球仍进入球门，应判得分。一旦判得分且裁判员已鸣哨开球，对得分的判定不得更改。比赛中得分多的队为胜方。

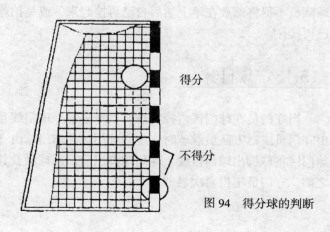

得分

不得分

图 94　得分球的判断

15.11 开球

比赛开始，开球在比赛场地中央（允许范围为中点左右1.5米）进行，可掷向任何方向。在鸣哨后3秒钟内必须将球掷出。在球离手前，掷球队员必须保持一脚踏在中线上。所有队员必须位于各自的半场。但是，在得分后的开球时，对方队员可以位于任何一个半场。在任何情况下，防守队员必须距离掷开球的队员至少3米。

15.12 边线球

如果球的整体越过边线，或者在越过防守队的外球门线之前，最后触及防守队的场上队员，应判边线球。由球出界前最后触球队的对方执行。掷边线球应在球出界的地点执行，如果球是越过外球门线，则在球出界的一侧边线与外球门线交界处执行。掷球队员必须一只脚踏在边线上，直到球离手为止。掷球队员不得将球放在地上然后自己再捡起来，或是拍球然后自己再接住。

15.13 球门球

当守门员在球门区内控制球时；球越过外球门线且最后是由守门员或对方队员触球时，应判球门球。球门球由守门员从球门区将球掷出球门区线。球门球掷出后，在球触及其他队员之前，守门员不得再次触球。

15.14 任 意 球

　　凡属队员犯规，违例（持球 3 秒，超过 3 步者）都要判罚任意球，由对方在犯规或违例地点进行掷球。如果防守队在本区球门前犯规时，进攻队应退到任意球线外掷球，掷任意球时，对方必须离开掷球队员 3 米远，不需经裁判鸣哨即可掷球。掷球时有一只脚不准离开地面，另一只脚允许抬起或放下，可以直接射门。

15.15 7 米 球

　　在场上任何地方，防守队员有严重或故意犯规（如拉、打、推、抱等），影响了进攻队员的正常射门动作，破坏了明显的得分机会，判罚 7 米球。

　　掷罚 7 米球：主罚队员站在 7 米线前，双方其他队员都要退出任意球线外，在裁判员鸣哨之后 3 秒内掷球，掷球时必须有一只脚着地，允许另一只脚抬起或放下，但不允许踏或越过罚球线。球出手前，守门员允许移动或迎上防守，但不准超过 4 米限制线，否则罚中有效，不中重罚。

15.16 处 罚

　　手球规则规定，队员在抢球时发生的一般犯规，通常判罚任意球即可。但对那种对人不对球的犯规，则要给予升级处罚，可判罚警告，罚出场 2 分钟，直到取消比赛资格或开除。

裁判员出示黄牌，就是对某个队员的警告信号，规则只允许给队员一次警告，如重犯就要罚出场 2 分钟，全队累计三次警告后，再受警告的队员就要被判罚出场 2 分钟，被罚队员在受罚期间不能替补。规则规定，一名队员只能被罚出场两次，如出现第三次，也就要取消其该场比赛资格，2 分钟以后由其他队员替补。

　　裁判员对严重的犯规和非体育道德行为的运动员可以不经警告判罚出场，直接出示红牌取消比赛资格。

16. 手球比赛裁判法

16.1 裁判员的跑动路线与站位配合

手球比赛是由两名权利相等的裁判员共同主持进行的。他们要经常与记分员和计时员取得联系。

16.1.1 跑动路线

两名裁判员必须有基本的跑动路线（图 95）才能看清场上情况，及时作出准确的判断。甲、乙两名裁判员跑动的位置要始终能够从两个相反的角度来观察比赛情况，特别是对持球

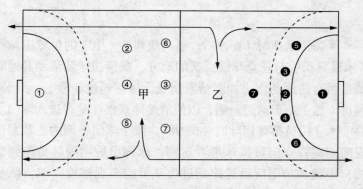

图 95　裁判员基本跑动路线

竞赛与成绩

队员和防守他的队员的活动，要与这两名队员保持三角站位，这个角度有利于观察清楚。

16.1.2 站位配合

● 开球时（图 96），应由场上裁判员（甲）鸣哨开球，并观察开球是否违例，球门裁判员（乙）在端线球门的一侧观察其他队员的活动。

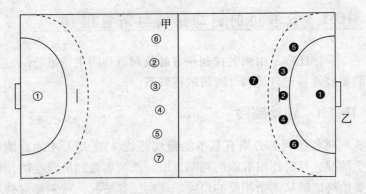

图 96 开球时裁判员位置

● 罚 7 米球时（图 97），场上裁判员（甲）的位置应站在 7 米线延长线与任意球线交叉的地方，观察罚球队员和其他队员是否有违例动作（如脚踏限制线、持球超过 3 秒），球门裁判员（乙）站于球门一侧，以便清楚地观察球是否进入球门。

● 守门员掷球门球时（图 98），位于球门一侧的乙裁判员应向前跑看守门员掷球是否违例，球掷出后尾随队员跑到前场；甲裁判员则应迅速跑到进攻队员前面观察攻守双方队员的动作。

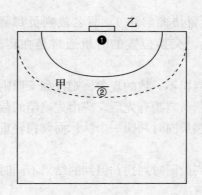

图 97　罚 7 米球时裁判员位置

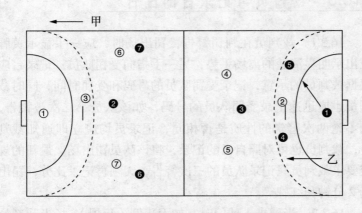

图 98　守门员掷球门球时裁判员位置

16.2　比赛过程

在比赛过程中，主、副裁判员的权利相等，任何一名裁判员都无权改变另一裁判员的裁决（当裁决不一致时，应以两位裁判员短暂协商解决），两名裁判员每隔 5 分钟左右，交换一次位置。交换位置的时机通常是在得分或罚 7 米球时。

如果出现判罚不一致的现象，则按如下原则处理：

• 两名裁判员鸣哨有先后，应由先鸣哨的裁判员判罚。

• 两名裁判员同时判罚一个队，而判罚轻重不同时，应按重的判罚。

• 两名裁判员同时判罚，但判的结果不同时，应以两位裁判员短暂协商解决。

16.3　裁判员与记录台的配合

16.3.1　裁判员在判罚警告，罚出场时，应一手显示黄牌或出示明显清楚的离场手势，另一手指向受罚队员。记录台应根据裁判员的示意，记录受罚队员的号码和受罚时间，同时裁判员也应迅速记录受罚队员的号码，如该队员第二次被警告，则不论两次警告的性质是否相同，记录员均应立即通知裁判员，裁判员也可对照自己的记录，将该队员罚出场。最新的规定要求裁判员只记录队员的三次警告，无须再记录比分，罚出场 2 分钟和红牌等。

16.3.2　当球进入球门时，如无违例（犯规），场上裁判员应迅速高举手臂表示无违例（犯规），在球门裁判员发出进球信号的哨声时，记录员应迅速将该队得分队员的号码登记在比赛记录表上。

16.3.3　出现换人违例时，记录台应立即通知裁判员，裁判员根据规则精神进行处理。

16.4　裁判员的鸣哨

　　裁判员的哨声必须洪亮、短促、果断、干脆。

16.4.1　以下情况场上裁判员应鸣哨

- 比赛开始；
- 违例或犯规；
- 球从他的一侧边线越出界外；
- 执行开球，判罚 7 米球；
- 在暂停之后的各种掷球；
- 判罚警告及被罚队员离场后，对方掷任意球时；
- 掷球不符合规则要求，纠正之后重新掷球。

16.4.2　以下情况球门裁判员应鸣哨

- 任何队员进入球门区；
- 射门得分；
- 球从他的一侧边线越出界外；
- 违例或犯规。

16.5　国际手球联合会标准手势

　　裁判员必须使用正确的手势，手势必须明快、简捷、清楚。

　　国际手球联合会标准手势有以下 18 个（图 99～116）：

图 99　侵区

图 100　非法运球

图 101　四步或三秒

图 102　拉人、抱人
或推人

图 103　打手

图 104　进攻犯规

图 105　边线球

图 106　球门球

图 107　任意球方向

图 108 离开 3 米

图 109 消极比赛

图 110 得分

图 111 警告（黄牌）
取消比赛资格（红牌）

图 112 罚出场 2 分钟

图 113 开除

图 114 暂停

图 115 暂停时允许
两人进场

图 116 对消极比赛
的预警手势

17. 手球重大赛事

17.1 奥运会手球比赛

手球比赛是奥运会比赛项目之一，由国际奥林匹克委员会领导，国际手球联合会具体筹备、组织。每4年举行一届，包括男子手球和女子手球比赛。

1928年，在荷兰阿姆斯特丹第9届奥运会上，进行了男子11人制手球表演赛。直到1934年，奥委会决定其为奥运会正式比赛项目。1936年，在德国柏林举行的第11届奥运会上，进行了惟一的一次男子11人制手球比赛。

由于第二次世界大战爆发，手球比赛受战争的影响而中断。

1952年，在芬兰赫尔辛基举行的第15届奥运会上，11人制手球又作为表演项目，但是手球项目仍然没被奥运会所接纳。

1965年，奥委会决定将男子7人制手球作为奥运会正式项目。从此，7人制手球也就取代了11人制手球。

1972年，手球在慕尼黑奥运会上第二次亮相。而女子手球却在1976年第21届奥运会上才被列为正式比赛项目。

奥运会男子手球比赛从1936～2000年，共举行了9届。

第 20 届奥运会男子手球参赛为 16 队，以后均为 12 队。12 支队伍产生的办法是：上届世界锦标赛前 7 名，东道主 1 名，非洲、亚洲、欧洲、美洲各 1 名。如大洋洲的一个队在世锦赛中进入前 12 名，竞委会将重新研究。比赛采用预赛、排名赛和决赛。

奥运会女子手球比赛从 1976～2000 年，共举行了 7 届。

女子参赛队从第 21～23 届为 6 个队，第 24～26 届为 8 个队，1997 年奥委会决定 2000 年悉尼奥运会增至 10 个队。女子 8 支队伍产生的办法是：上届世界锦标赛前 4 名，非洲、亚洲、欧洲、美洲各 1 名。如果东道主未直接获得参赛资格，其所在洲的一个参赛资格则由东道主获得。参赛队为 6 名时，采用单循环赛；8 队以上采用预赛、排名赛和决赛。

17.2　世界手球锦标赛

世界手球锦标赛是国际手联主办的规模最大、水平最高的重要的世界性比赛之一。20 世纪 90 年代，男女手球的比赛均是每 2 年举行一届，在此之前一般是 3～4 年举行一届。

因为在 20 世纪 30 年代，11 人制手球和 7 人制手球同样流行，从那时起，就有这两种世锦赛。1938 年，国际业余手球联合会成立 10 周年时，在德国举行了首次室内、外手球世锦赛。

由于第二次世界大战的原因，手球比赛中断。

第二次世界大战后的 1946 年，丹麦与瑞典发起成立国际手球联合会（IHF）。国际手联于 1948 年在法国举行了第 2 届 11 人制手球世锦赛；1949 年，在匈牙利举办了首届女子 11 人制手球世锦赛。男子 11 人制手球世锦赛在 1938～1966 年间共举行了 7 届比赛，而女子在 1949～1960 年间只举行了 3 届。

1965 年，奥委会决定 7 人制手球为 1972 年奥运会的比赛项目之后，11 人制手球被 7 人制手球取代。

1946 年，国际手球联合会（IHF）成立后，国际手联积极推展 7 人制手球运动。1954 年在瑞典举行了第 2 届男子 7 人制手球世锦赛。1957 年在南斯拉夫举行了首届女子 7 人制手球世锦赛。在 1938～2001 年间，男子举行了 17 届。在 1957～2001 年间，女子举行了 15 届。

男、女 24 支队伍产生的办法是：东道主 1 名，上届世锦赛冠军 1 名，上届世锦赛前 10 名，非洲、亚洲、欧洲、美洲各 3 名，大洋洲 1 名。

随着参赛队的增加，比赛采用预赛、复赛、排名赛和决赛。

17.3　世界青年手球锦标赛

世界青年手球锦标赛于 1977 年增设，也是国际手联主办的重要的世界性比赛之一，男女比赛均为每 2 年举行一届。在 1977～2001 年间，男、女各举行了 13 届。

男、女世青赛参赛队也是逐渐增加的，由 8 支增至 12 支，再增至 16 支，1995 年第 10 届增至 20 支。这 20 支队伍产生的办法是：东道主 1 名，上届世青赛冠军 1 名，上届世青赛前 10 名，非洲、亚洲、欧洲、美洲各 2 名，大洋洲 1 名。

比赛采用预赛、复赛、排名赛和决赛。

17.4　亚运会手球比赛

它是由亚洲运动联合会主办的综合性运动会的比赛项目之

一。始于 1982 年第 9 届亚运会，每 4 年一届，至 2002 年已举行了 6 届。女子手球于 1990 年第 11 届亚运会被列入正式比赛项目，至今举行了 4 届。参赛队数不限。

17.5　亚洲手球锦标赛

亚洲手球锦标赛是亚洲手球联合会主办的洲级比赛，也是亚洲最高水平的手球比赛。比赛经常与世锦赛和奥运会的资格赛结合起来进行，约 2～3 年举行一届。男子亚锦赛从 1977 年开始至 2002 年共举行了 10 届，一般有 5～12 支队伍参赛。女子手球，1987 年才开始有亚锦赛，至 2002 年共举行了 9 届，一般有 5～7 支队伍参赛。

17.6　亚洲青年手球锦标赛

亚洲青年手球锦标赛是亚洲手球联合会主办的洲级青年比赛。比赛经常与世青赛的资格赛结合起来进行，一般 2 年举行一届。男子青年从 1988～2000 年共举行了 7 届，一般有 6～11 支队伍参赛。女子青年从 1990～2002 年共举行了 7 届，一般有 3～7 支队伍参赛。

17.7　中国全运会手球比赛

中国全运会手球比赛是中华人民共和国全国运动会的主要竞赛项目之一。手球比赛始于 1959 年第 1 届全运会，每 4 年举行一届。参赛队主要为全国各省、市、自治区、解放军和产业体协的男、女手球代表队。

18. 手球重大比赛成绩

18.1 历届奥运会手球比赛成绩

表3 历届奥运会男子手球比赛成绩

届次	年份	举办国	冠军	亚军	第三名	第四名	第五名	第六名
11	1936	德国柏林	德国	奥地利	瑞士	匈牙利	罗马尼亚	美国
20	1972	联邦德国慕尼黑	南斯拉夫	捷克斯洛伐克	罗马尼亚	民主德国	苏联	联邦德国
21	1976	加拿大蒙特利尔	苏联	罗马尼亚	波兰	联邦德国	南斯拉夫	匈牙利
22	1980	苏联莫斯科	民主德国	苏联	罗马尼亚	匈牙利	西班牙	南斯拉夫
23	1984	美国洛杉矶	南斯拉夫	联邦德国	罗马尼亚	丹麦	瑞典	冰岛
24	1988	韩国汉城	苏联	韩国	南斯拉夫	匈牙利	瑞典	捷克斯洛伐克
25	1992	西班牙巴塞罗那	独联体	瑞典	法国	冰岛	西班牙	韩国

届次	年份	举办国	冠军	亚军	第三名	第四名	第五名	第六名
26	1996	美国 亚特兰大	克罗地亚	瑞典	西班牙	法国	俄罗斯	埃及
27	2000	澳大利亚 悉尼	俄罗斯	瑞典	西班牙	南斯拉夫	德国	法国
28	2004	希腊 雅典	克罗地亚	德国	俄罗斯	匈牙利	法国	希腊

表4 历届奥运会女子手球比赛成绩

届次	年份	举办国	冠军	亚军	第三名	第四名	第五名	第六名
21	1976	加拿大 蒙特利尔	苏联	民主德国	匈牙利	罗马尼亚	日本	加拿大
22	1980	苏联 莫斯科	苏联	南斯拉夫	民主德国	匈牙利	捷克斯洛伐克	刚果
23	1984	美国 洛杉矶	南斯拉夫	韩国	中国	联邦德国	美国	奥地利
24	1988	韩国 汉城	韩国	挪威	苏联	南斯拉夫	捷克斯洛伐克	中国
25	1992	西班牙 巴塞罗那	韩国	挪威	独联体	德国	奥地利	美国
26	1996	美国 亚特兰大	丹麦	韩国	匈牙利	挪威	中国	德国
27	2000	澳大利亚 悉尼	丹麦	匈牙利	挪威	韩国	奥地利	法国
28	2004	希腊 雅典	丹麦	韩国	乌克兰	法国	匈牙利	西班牙

18.2 历届世界手球锦标赛成绩

表5 历届世界男子手球锦标赛成绩

届次	年份	举办国	冠军	亚军	第三名	第四名	第五名	第六名
1	1938	德国	德国	奥地利	瑞典	丹麦		
2	1954	瑞典	瑞典	德国	捷克斯洛伐克	瑞士	丹麦	法国
3	1958	德国	瑞典	捷克斯洛伐克	德国	丹麦	波兰	挪威
4	1961	德国	罗马尼亚	捷克斯洛伐克	瑞典	德国	丹麦	冰岛
5	1964	捷克斯洛伐克	罗马尼亚	瑞典	捷克斯洛伐克	联邦德国	苏联	南斯拉夫
6	1967	瑞典	捷克斯洛伐克	丹麦	罗马尼亚	苏联	瑞典	联邦德国
7	1970	法国	罗马尼亚	民主德国	南斯拉夫	丹麦	联邦德国	瑞典
8	1974	民主德国	罗马尼亚	民主德国	南斯拉夫	波兰	苏联	捷克斯洛伐克
9	1978	丹麦	联邦德国	苏联	民主德国	丹麦	南斯拉夫	波兰
10	1982	民主德国	苏联	南斯拉夫	波兰	丹麦	罗马尼亚	民主德国
11	1986	瑞士	南斯拉夫	匈牙利	民主德国	瑞典	西班牙	冰岛

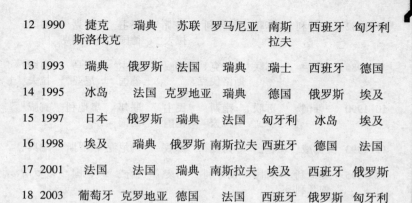

届次	年份	举办国	冠军	亚军	第三名	第四名	第五名	第六名
12	1990	捷克斯洛伐克	瑞典	苏联	罗马尼亚	南斯拉夫	西班牙	匈牙利
13	1993	瑞典	俄罗斯	法国	瑞典	瑞士	西班牙	德国
14	1995	冰岛	法国	克罗地亚	瑞典	德国	俄罗斯	埃及
15	1997	日本	俄罗斯	瑞典	法国	匈牙利	冰岛	埃及
16	1998	埃及	瑞典	俄罗斯	南斯拉夫	西班牙	德国	法国
17	2001	法国	法国	瑞典	南斯拉夫	埃及	西班牙	俄罗斯
18	2003	葡萄牙	克罗地亚	德国	法国	西班牙	俄罗斯	匈牙利

表6　历届世界女子手球锦标赛成绩

届次	年份	举办国	冠军	亚军	第三名	第四名	第五名	第六名
1	1957	南斯拉夫	捷克斯洛伐克	匈牙利	南斯拉夫	联邦德国	丹麦	奥地利
2	1962	罗马尼亚	罗马尼亚	丹麦	捷克斯洛伐克	南斯拉夫	匈牙利	苏联
3	1965	联邦德国	匈牙利	南斯拉夫	联邦德国	捷克斯洛伐克	丹麦	罗马尼亚
4	1971	荷兰	民主德国	南斯拉夫	匈牙利	罗马尼亚	联邦德国	丹麦
5	1973	南斯拉夫	南斯拉夫	罗马尼亚	苏联	匈牙利	波兰	捷克斯洛伐克
6	1975	苏联	民主德国	苏联	匈牙利	罗马尼亚	南斯拉夫	捷克斯洛伐克
7	1978	捷克斯洛伐克	民主德国	苏联	匈牙利	捷克斯洛伐克	南斯拉夫	波兰

届次	年份	举办国	冠军	亚军	第三名	第四名	第五名	第六名
8	1982	匈牙利	苏联	匈牙利	南斯拉夫	民主德国	捷克斯洛伐克	韩国
9	1986	荷兰	苏联	捷克斯洛伐克	挪威	民主德国	罗马尼亚	南斯拉夫
10	1990	韩国	苏联	南斯拉夫	民主德国	联邦德国	奥地利	挪威
11	1993	挪威	德国	丹麦	挪威	罗马尼亚	俄罗斯	瑞典
12	1995	奥地利匈牙利	韩国	匈牙利	丹麦	挪威	德国	俄罗斯
13	1997	德国	丹麦	挪威	德国	俄罗斯	韩国	克罗地亚
14	1999	挪威丹麦	挪威	法国	奥地利	罗马尼亚	匈牙利	丹麦
15	2001	意大利	俄罗斯	挪威	南斯拉夫	丹麦	法国	匈牙利

18.3　历届世界青年手球锦标赛成绩

表7　历届世界青年男子手球锦标赛成绩

届次	年份	举办国	冠军	亚军	第三名	第四名	第五名	第六名
1	1977	瑞典	苏联	匈牙利	南斯拉夫	西班牙	联邦德国	瑞典
2	1979	瑞典丹麦	苏联	南斯拉夫	瑞典	丹麦	捷克斯洛伐克	匈牙利
3	1981	葡萄牙	南斯拉夫	苏联	捷克斯洛伐克	瑞典	民主德国	冰岛

届次	年份	举办国	冠军	亚军	第三名	第四名	第五名	第六名
4	1983	芬兰	苏联	联邦德国	丹麦	瑞典	南斯拉夫	民主德国
5	1985	意大利	苏联	瑞典	南斯拉夫	联邦德国	民主德国	捷克斯洛伐克
6	1987	南斯拉夫	南斯拉夫	西班牙	苏联	瑞典	罗马尼亚	联邦德国
7	1989	西班牙	苏联	西班牙	南斯拉夫	联邦德国	冰岛	法国
8	1991	希腊	南斯拉夫	瑞典	苏联	西班牙	冰岛	罗马尼亚
9	1993	埃及	埃及	丹麦	冰岛	俄罗斯	瑞典	匈牙利
10	1995	阿根廷	俄罗斯	西班牙	葡萄牙	挪威	南斯拉夫	埃及
11	1997	土耳其	丹麦	乌克兰	法国	波兰	西班牙	埃及
12	1999	卡塔尔	丹麦	瑞典	埃及	法国	南斯拉夫	西班牙
13	2001	瑞士	俄罗斯	西班牙	瑞典	匈牙利	德国	丹麦

表8 历届世界青年女子手球锦标赛成绩

届次	年份	举办国	冠军	亚军	第三名	第四名	第五名	第六名
1	1977	罗马尼亚	南斯拉夫	苏联	罗马尼亚	民主德国	波兰	匈牙利
2	1979	南斯拉夫	苏联	民主德国	南斯拉夫	匈牙利	丹麦	法国
3	1981	加拿大	苏联	南斯拉夫	联邦德国	韩国	丹麦	中国
4	1983	法国	苏联	民主德国	韩国	南斯拉夫	保加利亚	瑞典

5	1985	韩国	苏联	韩国	波兰	民主德国	挪威	中国
6	1987	丹麦	苏联	丹麦	民主德国	韩国	南斯拉夫	捷克斯洛伐克
7	1989	尼日利亚	苏联	韩国	保加利亚	南斯拉夫	捷克斯洛伐克	中国
8	1991	法国	苏联	韩国	丹麦	瑞典	罗马尼亚	德国
9	1993	保加利亚	俄罗斯	保加利亚	韩国	丹麦	罗马尼亚	白俄罗斯
10	1995	巴西	罗马尼亚	丹麦	挪威	韩国	法国	乌克兰
11	1997	科特迪瓦	丹麦	俄罗斯	罗马尼亚	挪威	韩国	葡萄牙
12	1999	中国	罗马尼亚	立陶宛	丹麦	匈牙利	俄罗斯	西班牙
13	2001	匈牙利	俄罗斯	匈牙利	德国	西班牙	罗马尼亚	挪威

18.4 历届亚运会手球比赛成绩

表9 历届亚运会男子手球比赛成绩

届次	年份	举办国	冠军	亚军	第三名	第四名	第五名	第六名
9	1982	印度新德里	中国	日本	韩国			
10	1986	韩国汉城	韩国	中国	日本	科威特	伊朗	中国香港
11	1990	中国北京	韩国	日本	沙特阿拉伯	中国	朝鲜	阿联酋

12	1994	日本 广岛	韩国	日本	中国	科威特	沙特 阿拉伯	
13	1998	泰国 曼谷	韩国	科威特	日本	伊朗	阿联酋	中国
14	2002	韩国 釜山	韩国	科威特	卡塔尔	日本	中国台北	巴林

表 10　历届亚运会女子手球比赛成绩

届次	年份	举办国	冠军	亚军	第三名	第四名	第五名	第六名
11	1990	中国 北京	韩国	中国	中国 台北	朝鲜	日本	中国 香港
12	1994	日本 广岛	韩国	日本	中国	哈萨 克斯坦		
13	1998	泰国 曼谷	韩国	中国	日本	哈萨克 斯坦	朝鲜	泰国
14	2002	韩国 釜山	韩国	哈萨克 斯坦	中国	日本	朝鲜	

18.5　历届亚洲手球锦标赛成绩

表 11　历届亚洲男子手球锦标赛成绩

届次	年份	举办国	冠军	亚军	第三名	第四名	第五名	第六名
1	1977	科威特	日本	韩国	中国	科威特	伊拉克	巴林

2	1979	中国南京	日本	中国	科威特	巴勒斯坦	印度	
3	1983	韩国汉城	韩国	日本	科威特	巴林	沙特阿拉伯	卡塔尔
4	1987	约旦	韩国	日本	科威特	中国	巴林	卡塔尔
5	1989	中国北京	韩国	日本	科威特	中国	沙特阿拉伯	卡塔尔
6	1991	日本广岛	韩国	日本	中国	卡塔尔	巴林	阿联酋
7	1993	巴林	韩国	科威特	日本	沙特阿拉伯	中国	巴林
8	1995	科威特	科威特	韩国	巴林	日本	中国	阿联酋
9	2000	日本熊本	韩国	中国	日本	中国台北	伊朗	
10	2002	伊朗	科威特	卡塔尔	沙特阿拉伯	韩国	伊朗	日本

表 12 历届亚洲女子手球锦标赛成绩

届次	年份	举办国	冠军	亚军	第三名	第四名	第五名	第六名
1	1987	约旦	韩国	中国	日本	叙利亚	中国台北	
2	1989	中国北京	韩国	中国	日本	中国台北	中国香港	
3	1991	日本	韩国	中国	日本	朝鲜	中国台北	
4	1993	中国汕头	韩国	中国	朝鲜	日本	哈萨克斯坦	中国台北
5	1995	韩国	韩国	中国	日本	中国台北		

6	1997	约旦安曼	韩国	中国	日本	乌兹别克斯坦	中国台北
7	2000	日本熊本	韩国	中国	日本	朝鲜	中国台北
8	2000	中国上海	韩国	日本	朝鲜	中国	哈萨克斯坦	印度
9	2002	哈萨克斯坦	哈萨克斯坦	韩国	中国	日本	中国台北	土库曼斯坦

18.6 历届亚洲青年手球锦标赛成绩

表 13 历届亚洲青年男子手球锦标赛成绩

届次	年份	举办国	冠军	亚军	第三名	第四名	第五名	第六名
1	1988	叙利亚	韩国	科威特	叙利亚	中国台北	卡塔尔	阿联酋
2	1990	伊朗德黑兰	中国	韩国	叙利亚	日本	伊朗	中国台北
3	1992	中国北京	韩国	科威特	日本	中国台北	中国	卡塔尔
4	1994	叙利亚	卡塔尔	巴林	沙特阿拉伯	韩国	日本	阿联酋
5	1996	阿联酋	阿联酋	沙特阿拉伯	卡塔尔	韩国	巴林	日本
6	1998	巴林麦纳麦	巴林	沙特阿拉伯	科威特	中国	韩国	阿曼
7	2000	伊朗	科威特	卡塔尔	韩国	巴林	伊朗	中国台北
8	2002	泰国曼谷	科威特	卡塔尔	韩国	阿联酋	日本	中国台北

表 14　历届亚洲青年女子手球锦标赛成绩

届次	年份	举办国	冠军	亚军	第三名	第四名	第五名	第六名
1	1990	中国	韩国	中国台北	中国	日本	印度	
2	1992	中国北京	韩国	朝鲜	中国	日本	中国台北	
3	1995	韩国汉城	韩国	中国	日本	中国台北		
4	1996	中国成都	韩国	中国	日本			
5	1998	日本大阪	韩国	中国	哈萨克斯坦	日本	中国台北	
6	2000	孟加拉国达卡	韩国	中国台北	日本	中国	印度	孟加拉国
7	2002	约旦安曼	韩国	中国	日本	中国台北		

18.7　历届全运会手球比赛成绩

表 15　历届全运会男子手球比赛成绩

届次	年份	地点	冠军	亚军	第三名	第四名	第五名	第六名
1	1959	北京	解放军	湖北	广东	北京	黑龙江	安徽
3	1975	北京	解放军	北京	广西	天津	安徽	上海
4	1979	北京	解放军	广西	北京	安徽	天津	上海
5	1983	上海	安徽	北京	解放军	广西	天津	山西
6	1987	广州	北京	广西	天津	安徽	解放军	上海

7	1993	北京	解放军	安徽	北京	天津	上海	广西
8	1997	上海	解放军	天津	上海	北京	广东	安徽
9	2001	广州	解放军	上海	广东	北京	天津	安徽

注：手球未列入第 2 届全运会比赛项目

表 16　历届全运会女子手球比赛成绩

届次	年份	地点	冠军	亚军	第三名	第四名	第五名	第六名
1	1959	北京	北京	广东	辽宁	云南	湖北	贵州
3	1975	北京	天津	广西	安徽	北京	上海	甘肃
4	1979	北京	上海	安徽	北京	天津	广西	山西
5	1983	上海	上海	安徽	北京	广西	山西	天津
6	1987	广州	北京	上海	安徽	广西	山西	广东
7	1993	北京	北京	上海	安徽	解放军	黑龙江	甘肃
8	1997	上海	北京	上海	安徽	广西	山东	黑龙江
9	2001	广州	北京	上海	广东	解放军	山东	安徽

图书在版编目（CIP）数据

奥林匹克手球／黄德国主编．—北京：人民体育
出版社，2004
（奥运会项目大全／俞继英主编）
ISBN 7-5009-2680-4

Ⅰ.奥…　Ⅱ.黄…　Ⅲ.手球运动—基本知识
Ⅳ.G844

中国版本图书馆 CIP 数据核字（2004）第 088146 号

*

人民体育出版社出版发行
化学工业出版社印刷厂印刷
新　华　书　店　经　销

*

850×1168　32 开本　7.5 印张　170 千字
2005 年 2 月第 1 版　　2005 年 2 月第 1 次印刷
印数：1—3,100 册

*

ISBN 7-5009-2680-4/G·2579
定价：14.00 元

社址：北京市崇文区体育馆路 8 号（天坛公园东门）
电话：67151482（发行部）　　　邮编：100061
传真：67151483　　　　　　　　邮购：67143708
（购买本社图书，如遇有缺损页可与发行部联系）